UM ESPINHO DE MARFIM

e outras histórias

MARINA COLASANTI

UM ESPINHO DE MARFIM

e outras histórias

www.lpm.com.br

L&PM POCKET

Coleção **L&PM** POCKET, vol.170

Texto de acordo com a nova ortografia.

Primeira edição na Coleção **L&PM** POCKET: maio de 1999
Esta reimpressão: abril de 2012

Capa: L&PM Editores sobre obra de Odilon Redon.
Revisão: Flávio Dotti Cesa e Delza Menin

C683e Colasanti, Marina
Um espinho de marfim e outras histórias / Marina Colasanti. – Porto Alegre: L&PM, 2012.
176 p. ; 18 cm. – (Coleção L&PM POCKET; v. 170)

ISBN 978-85-254-0996-6

1.Ficção-brasileira-Contos. I.Título. II.Série.

CDU 869.931
CDU 869.0(81)-34

Catalogação elaborada por Izabel A. Merlo, CRB 10/329

Rua Comendador Coruja, 314, loja 9 – Floresta – 90220.180
Porto Alegre – RS – Brasil / Fone: 51.3225.5777

Pedidos & Depto. comercial: vendas@lpm.com.br
Fale conosco: info@lpm.com.br
www.lpm.com.br

Impresso no Brasil
Outono de 2012

Apresentação

*Léa Masina**

Os leitores acostumados, desde a infância, ao convívio com lendas e histórias fantásticas, situadas em castelos e mundos habitados por reis e princesas, leões e pombos, serpentes, príncipes e unicórnios, irão rever, nos textos de Marina Colasanti, o mágico faz de conta dessas lembranças.

E como o gostar, quase sempre, deriva do conhecimento, irão percorrer o velho e o novo guiados por um olhar que incide, epifanicamente, no feminino. Princesa, rosa, sereia; tecelã, rainha, prostituta; aldeã, esposa, mãe ou amante, a mulher é o centro de uma cosmogonia. Os papéis que desempenha e os espaços sociais que ocupa revelam uma visão quase essencialista do gênero.

É preciso, porém, registrar que o feminino é, para a escritora, mais do que tema ou assunto literário. Sensível às diferenças femininas, sua voz adere à linguagem do texto, do que resulta o caráter lírico de algumas narrativas.

Consciente de que ser mulher independe do espaço e sobrepõe-se à lógica, Marina Colasanti recupera, a seu modo, uma memória lúdica, que confunde o real e

---

* Léa Masina é doutora em Letras, professora adjunta no Instituto de Letras da UFRGS, bacharel em Direito e crítica literária.

o imaginário, épocas e culturas. Desse modo, as areias do deserto, com suas dunas, e o parque de diversões do subúrbio, onde a pequena, de dentes cariados, deseja ardentemente entrar na bolha, são particularizações de um mesmo universo: côncavo, feito para cercar e acolher, macio, feminino. E solitário.

Retratando "cenas da vida privada", a autora trata de questões substantivas, como o amor e a morte, o preconceito, o desafio, a competência, a maternidade. Disso resulta um ótimo nível de generalização que transforma cada história individual na História Geral de todas as mulheres.

Índice

Como uma rainha de Micenas

Tendo falecido a esposa muito amada, desejou que partisse para a última viagem com o fausto de uma rainha. Rodeou-lhe o pescoço de gargantilhas e colares que desciam sobre o peito ocultando as vestes. Encheu-lhe de anéis os dedos que não mais dobrariam falanges. E brincos, pulseiras, enfeites cobriram aquele corpo agora mais resplandecente do que em vida. Depois, para que nada lhe faltasse na longa travessia, depositou ao seu redor jarros, pratos, taças, talheres do mais puro ouro, sem esquecer pentes e um espelho para a sua vaidade.

A ideia de apartar-se da esposa para sempre era-lhe, porém, insuportável. Querendo-a pelo menos ao alcance da sua saudade, mandou construir no canto mais frondoso do jardim uma capela, em cuja cripta de pórfiro abrigou o esquife, separado dele apenas por um portãozinho de ferro batido.

E, disposto a enfrentar o luto interminável, começou o aprendizado de uma nova vida em que a voz amada não ecoaria.

Talvez justamente devido a esse silêncio, cedo surpreendeu-se com a rapidez com que aprendia. A vida parecia-lhe de fato mais nova a cada dia. Nem bem um ano tinha-se esgotado, quando lhe ocorreu que, como ele tanto havia avançado, também a esposa teria a essa altura cumprido parte de sua viagem. Pelo que já não lhe seriam necessárias algumas das coisas que consigo levara para uso simbólico. Em ranger de ferros, entrou na cripta e selecionou uns poucos pratos, um frasco, sem dúvida devidamente usados no além.

Desse modo, foi sucessivamente recolhendo os objetos de ouro que, gastos pela defunta e já sem serventia para ela, afiguravam-se como muito proveitosos para si. Um garfo hoje, uma taça amanhã, um pente agora, um jarro depois, acabou enfim chegando às joias pessoais.

Na semiescuridão da cripta, pulseiras e adereços brilhavam frouxamente, folgados os anéis nos dedos descarnados, pousada ainda a tiara sobre a fronte. Joias demais, pensou ele contrito. Sem dúvida, nada condizentes com uma mulher que, onde quer que se encontrasse, estaria entrando na velhice. Assim pensando, retirou as mais pesadas. Voltando tempos depois para buscar as menos comprometedoras. E por último as insignificantes. Até chegar ao despojamento total.

No esquife, agora, restava apenas o espelho de ouro. Mas de que serve um espelho para uma mulher simples e velha, já despida de vaidades?, perguntou-se.

Tendo pronta a resposta, pegou o espelho pelo cabo, e saiu sem fechar o portão atrás de si.

A moça tecelã

Acordava ainda no escuro, como se ouvisse o sol chegando atrás das beiradas da noite. E logo sentava-se ao tear.

Linha clara, para começar o dia. Delicado traço cor da luz, que ela ia passando entre os fios estendidos, enquanto lá fora a claridade da manhã desenhava o horizonte.

Depois lãs mais vivas, quentes lãs iam tecendo hora a hora, em longo tapete que nunca acabava.

Se era forte demais o sol, e no jardim pendiam as pétalas, a moça colocava na lançadeira grossos fios cinzentos do algodão mais felpudo. Em breve, na penumbra trazida pelas nuvens, escolhia um fio de prata, que em pontos longos rebordava sobre o tecido. Leve, a chuva vinha cumprimentá-la à janela.

Mas, se durante muitos dias o vento e o frio brigavam com as folhas e espantavam os pássaros, bastava a moça tecer com seus belos fios dourados para que o sol voltasse a acalmar a natureza.

Assim, jogando a lançadeira de um lado para outro e batendo os grandes pentes do tear para frente e para trás, a moça passava os seus dias.

Nada lhe faltava. Na hora da fome tecia um lindo peixe, com cuidado de escamas. E eis que o peixe estava na mesa, pronto para ser comido. Se sede vinha, suave era a lã cor de leite que entremeava o tapete. E à noite, depois de lançar seu fio de escuridão, dormia tranquila.

Tecer era tudo o que fazia. Tecer era tudo o que queria fazer.

Mas, tecendo e tecendo, ela própria trouxe o tempo em que se sentiu sozinha, e pela primeira vez pensou como seria bom ter um marido ao lado.

Não esperou o dia seguinte. Com capricho de quem tenta uma coisa nunca conhecida, começou a entremear no tapete as lãs e as cores que lhe dariam companhia. E aos poucos seu desejo foi aparecendo, chapéu emplumado, rosto barbado, corpo aprumado, sapato engraxado. Estava justamente acabando de entremear o último fio da ponta dos sapatos, quando bateram à porta.

Nem precisou abrir. O moço meteu a mão na maçaneta, tirou o chapéu de pluma, e foi entrando na sua vida.

Aquela noite, deitada contra o ombro dele, a moça pensou nos lindos filhos que teceria para aumentar ainda mais a sua felicidade.

E feliz foi, durante algum tempo. Mas se o homem tinha pensado em filhos, logo os esqueceu. Porque, descoberto o poder do tear, em nada mais pensou a não ser nas coisas todas que ele poderia lhe dar.

– Uma casa melhor é necessária – disse para a mulher. E parecia justo, agora que eram dois. Exigiu que escolhesse as mais belas lãs cor de tijolo, fios verdes para os batentes, e pressa para a casa acontecer.

Mas, pronta a casa, já não lhe pareceu suficiente.

– Para que ter casa, se podemos ter palácio? – perguntou. Sem querer resposta, imediatamente ordenou que fosse de pedra com arremates em prata.

Dias e dias, semanas e meses trabalhou a moça tecendo tetos e portas, e pátios e escadas, e salas e poços. A neve caía lá fora, e ela não tinha tempo para chamar o sol. A noite chegava, e ela não tinha tempo para arrematar o dia. Tecia e entristecia, enquanto sem parar batiam os pentes acompanhando o ritmo da lançadeira.

Afinal o palácio ficou pronto. E, entre tantos cômodos, o marido escolheu para ela e seu tear o mais alto quarto da mais alta torre.

– É para que ninguém saiba do tapete – disse. E, antes de trancar a porta a chave, advertiu:

– Faltam as estrebarias. E não se esqueça dos cavalos!

Sem descanso tecia a mulher os caprichos do marido, enchendo o palácio de luxos, os cofres de moedas, as salas de criados. Tecer era tudo o que fazia. Tecer era tudo o que queria fazer.

E, tecendo, ela própria trouxe o tempo em que sua tristeza lhe pareceu maior que o palácio com todos os seus tesouros. E pela primeira vez pensou como seria bom estar sozinha de novo.

Só esperou anoitecer. Levantou-se enquanto o marido dormia sonhando com novas exigências. E descalça, para não fazer barulho, subiu a longa escada da torre, sentou-se ao tear.

Desta vez não precisou escolher linha nenhuma. Segurou a lançadeira ao contrário e, jogando-a veloz de um lado para o outro, começou a desfazer seu tecido.

Desteceu os cavalos, as carruagens, as estrebarias, os jardins. Depois desteceu os criados e o palácio e todas as maravilhas que continha. E novamente se viu na sua casa pequena e sorriu para o jardim além da janela.

A noite acabava quando o marido, estranhando a cama dura, acordou e, espantado, olhou em volta. Não teve tempo de se levantar. Ela já desfazia o desenho escuro dos sapatos, e ele viu seus pés desaparecendo, sumindo as pernas. Rápido, o nada subiu-lhe pelo corpo, tomou o peito aprumado, o emplumado chapéu.

Então, como se ouvisse a chegada do sol, a moça escolheu uma linha clara. E foi passando-a devagar entre os fios, delicado traço de luz, que a manhã repetiu na linha do horizonte.

Para sentir seu leve peso

Guardava o rouxinol numa caixinha. Tudo o que queria era andar com o rouxinol empoleirado no dedo. Mas, se abrisse a caixinha, ah! certamente fugiria.

Então amorosamente cortou o dedo. E, através de uma mínima fresta, o enfiou na caixinha.

O passarinho

Começou dizendo que tinha um passarinho na cabeça. Queixava-se.

O passarinho batia asas, a cabeça doía. Ninguém lhe deu atenção.

Parou até de se queixar. Gemia, conversava com o passarinho que a habitava. Morreu sufocada, o nariz entupido de alpiste.

Menina de vermelho a caminho da Lua

Esta é uma história que não quero contar, uma pequena história sem fatos, espessa como um mênstruo, que não pretendo assumir. Tentei livrar-me dela, afundá-la e ao fastio que me causa. Não consegui. Desnecessária como é, ainda assim insiste em existir. Foi por isso que botei um anúncio no jornal. Dizia: "Procura-se narrador. Exigem-se modéstia e prazer descritivo. Pagamento a combinar. Procurar... endereço... et cetera".

Só um apresentou-se. Teria preferido, me caberia melhor, fosse mulher. Mas não tive escolha, fiquei com ele. Homem e um pouco inexperiente, me vi obrigada a insistir na minha vontade, concisão de estilo e docilidade nos rumos. E a vesti-lo com nova roupagem. É assim, pois, de saia rosa e lenço nos cabelos, que o apresento: mãe de duas filhas pequenas que pouco irão agir, levando-as para brincar num parquinho de diversões, sábado à tarde, naquela exata tarde, naquele exato momento em que a história quer acontecer, e onde ele se torna, por contrato e escolha, seu responsável.

O parque, instruo meu sócio, é pequeno, nem se poderia a rigor chamá-lo de diversões, porque lhe faltam cores e aquela mínima alegria necessária ao divertir. Tem poucos jogos. Um carrossel movido a hélice, espécie de ventilador gigante instalado ao alto em armação precária. E a grande bolha de plástico. Não quero que descreva como a luminosidade batia, se de chapa ou de lado, e não precisa perder-se em considerações românticas sobre a decadência dos parques. Quero apenas que dê a entender, através da hélice, talvez, a pobreza algo sórdida do lugar. E, por favor, não comece com referências temporais.

"Pena ter vindo de sandálias de salto alto, pensei sentindo a poeira infiltrar-se entre os dedos, viscosa pasta de suor sobre a sola. E inutilmente sacudi o pé. As meninas corriam adiante, indecisas entre os brinquedos, prontas para pedir um e outro, excitadas com a possibilidade de ganhar mais do que o previsto. Não havia muito na verdade. No espaço espremido entre dois muros, terreno baldio que aos cantos abrigava capim e cheiro de urina, girava um carrossel sem cavalos, tocando a hélice assentos de caixote. Canoas, pêndulo de correntes, cortavam o ar em foice. No *stand* de tiro, os alvos picotados lembravam fome de ratos. E, ao redor de um cercado, caniços com barbante esperavam pescadores da sorte para fisgar chaveiros e canecas de plástico. Ao fundo, porém, a grande bolha inflada era atração que valia seus três reais."

Não valorize demais a bolha. Ela é velha e suja como tudo mais ali, visivelmente comprada já gasta, de outro parque maior. E cuidado com os lugares-comuns, "cortar o ar" não é bom, você poderia ter usado uma forma mais nova. Nem precisa de tanta delicadeza. É melhor dizer mijo do que urina, sobretudo nesta história. Mas vamos em frente. Você, a mãe, quer pagar para que as filhas possam entrar na bolha e pular, é para isso que a bolha serve. Procura, não vê bilheteria, chama, bate palmas. Vem um homem. Eu sei que você gostaria de descrevê-lo, um velho, ou um homem assim e assado, de olhar meio enviesado, e baixinho. Mas eu não quero. Por enquanto permito apenas que diga que tinha as calças amarradas de corda. É o quanto basta.

"Branca e amarela, com visores transparentes. Ou sujamente branca, com remendos. Assim seria a superfície lunar, imenso colchão inflado onde a perna afunda, debaixo da redoma de uma bolha. Porque assim estava escrito: 'Pise na Lua por R$ 3,00'. E eu, querendo pagar a viagem das minhas duas astronautas, procurei a bilheteria, falso quiosque em meio àquele nada, e não encontrando ninguém voltei tentando atrair a atenção pela simples presença. Havia tão pouca gente no parque. Pensei em chamar, bater palmas, mas constrangida com a ideia do meu próprio alarido fiquei ali parada junto às meninas, olhando em volta com ar que pretendia autoritário, mas que sabia apenas desamparado. Seria do parque o homem que vinha sem me olhar, mais preocupado em segurar as calças?"

Não sei por que você omitiu o detalhe da corda. É forte, marca bem a personagem. Esse seu "segurar as calças" diz pouco, dilui. E não se alongue tanto. O leitor quer clima, pressão. Esqueça as descrições. Vamos, agora ponha suas filhas na bolha.

"Cabeça enviesada como um ovo no ninho dos ombros, recebeu meu dinheiro sem sorrir. E empurrando um plástico..." Para, para. Não quero ele sério. De jeito nenhum. Troque isso. É fundamental. O homem sorri, ri estranhamente o tempo todo, de uma forma adulcorada. E diz coisas que você não entende. Tem um ar malino, matreiro, ou talvez servil, escolha você a palavra melhor, mas sorri sempre, com falsa bonomia. "Cabeça enviesada como um ovo no ninho dos ombros, estendeu a mão sorrindo em busca do dinheiro. Levantou um plástico mais solto, branca língua sobreposta, e forçando com os braços abriu o talho da bolha."

"Bufido, siroco pesado de suor. Este era o hálito da Lua. Escapava pelos lábios exangues da fenda, encobria em uivo as palavras que o homem dizia gesticulando, expondo a boca, nariz encrespado. Queria as horas? Apontei para o relógio. E estava aos berros tentando responder naquele corredor de vento, quando a mão, seca, agarrou de repente o braço da minha menina." Muito bem, gostei dessa mão introduzindo o desejo. Só não sei o que você vai fazer com ela, o que ela pretende. Resolva, mas lembre-se de que suas filhas não são personagens.

"Menina que já entrava. E puxando-a de volta deslizou para a perna, fechou-se no joelho, a outra mão já pronta em garra alcançando o tornozelo. "É para tirar os sapatos – ouvi enfim enquanto ele desafivelava as sandálias, e empurrando a pequena para dentro vedava talho e vento – só pode entrar descalça, senão rasga o plástico."

Ótimo, as duas estão afinal brincando, isoladas na bolha, seguras. Pode deixá-las lá, por enquanto. Não vamos precisar delas. Mas, atenção, você não tinha reparado, a teu lado, olhando pelo visor as tuas filhas que pulam, está uma menina. De vermelho, um tom carmim, vestida com uma malha, descalça. E dentes cariados. Tem 10 anos. Cuidado com essa idade, porque o olhar dela tem mais. Pequenos seios. Ela quer entrar na bolha.

Quer muito. E não tem dinheiro. Mas quer, e vai ter que pagar de outro jeito. Ela sabe disso. Você, não.

"Rolam, afundam rindo as duas na pouca gravidade do colchão ondeante, braços abertos, passos embriagados, gritos presos em curva na redoma. Mas não sou só eu, mãos espalmadas sobre o visor fosco, que acompanho a viagem das meninas. A meu lado ela também olha gulosa."

"Já estava no parque quando cheguei, figurinha vermelha brincando com outras crianças nas canoas volantes. Dez anos talvez, de longe mais. O carmim do batom pesa nos lábios, mas os seios ainda não são seios, e a cintura no alto espera crescimentos. Por que tem uma máscara vermelha levantada sobre a testa, se o carnaval já passou? A tela encerada, recortada em folhas, esmaga mechas úmidas, e como uma borboleta pousada ao acaso se contrapõe ao rasgado dos olhos. Não parece sentir frio, exposta na malha curta. Olha levantada sobre a ponta dos pés, o corpo todo encostado à superfície curva, as coxas nuas coladas contra a bolha, enquanto a boca se abre amolecida de vontade."

Está ali ao teu lado, e vocês duas não têm nada a ver uma com a outra. Mas é uma criança. Não esqueça disso, ela vai ser criança o tempo todo, apesar do que vier a acontecer. E como criança se aproxima da mãe que você é, procura apoio, ou quem sabe, uma possibilidade de conseguir dinheiro. "Uma menina, como as minhas. Que me olha e sorri corada, ou maquilada? dizendo pequenas coisas sem peso, coisas a que respondo mais com a atenção do que com palavras, porque não temos muito a nos dizer. Uma menina que não é minha, e que logo abandono à carência de assunto, caladas as duas, prolongando o sorriso e desviando aos poucos a cabeça, fingindo que já não nos olhamos mais." Você não a olha diretamente para não se envolver, para não ter que incluí-la no teu sábado, elemento estranho, fora das previsões. Mas também não a larga. Debruçada sobre a esquina do teu próprio olho, sorrateira e voraz, você a acompanha sorvendo aos poucos, em lento entendimento, a metamorfose sem saltos em que um novo jogo se inicia.

Comece a movimentá-la. Afaste-a, traga-a de volta. Não a deixe ficar parada. Menina, ela vai ao espaço do parque, ao encontro dos brinquedos. Mulher, vem para junto do seu desejo, forjando a chave que irá satisfazê-lo.

"Eu a vejo, porém, quando esquecida da bolha corre breve. Vai ao carrossel, que gira sem crianças. E não podendo entrar o acompanha por fora, mão encostada apenas no rendado da cerca, rosto erguido em perfil. Os pés em trote, volteia lentamente ao compasso gritante, cavalinho mais gracioso do que aqueles enfeitados de espelhos, que o carrossel já teve em dias melhores. Mas não demora muito. Seu corpo tem urgências, tempos mais rápidos que o um-dois-três da valsa. Corre, debanda, sacode a leve crina. E, olhando a Lua de longe, se abaixa, cata uma tala de pau esquecida e a atira com violência contra o muro." Isso, ela está mordendo o freio. O corpo dela relincha, se empina, se estica. Ela galopa ao redor, preparando-se. E logo, abaixada a cabeça , manso o passo, vem buscar sua grama mais verde. "E a pressinto de volta, trazida devagar pelo desejo, chegando-se em rodeios, como se por acaso. Pôs o rosto mais manso, o olhar lavado, fez infantil o queixo."

"Vem ao visor primeiro. Como antes, levanta o corpo sobre a curva dos pés, e só agora percebo que não é necessário, baixo o olho transparente que devassa o interior da bolha. Mas encostada assim, tão debruçada, não se interessa pelo jogo infantil das duas meninas. Olha através, de lado, para o homem." É a hora da primeira tentativa. Ela não tem muita esperança de conseguir, mas vai tentar. É a maneira de testar o velho, de dizer eu quero. Invente um diálogo. Breve, porque não é com palavras que eles se entendem. Mas o quanto baste para marcar o primeiro toque. "E logo, lenta, fingindo indiferença, enroscando nas pernas cada avanço, se aproxima da entrada. A mão se esgueira por baixo da língua de plástico." Se esgueira não, se enfia, se mete, se introduz. "A mão se enfia por baixo da língua de plástico, a coxa avança devagar trazendo os quadris, o corpo todo força disfarçado as beiras do talho, tentativa de varar."

"– Não pode – diz o homem em voz baixa, sem sair do lugar. E ela se sobressalta estendendo-lhe um riso."

"– Só no próximo giro – diz ele, e mostra dentes. – Depois das outras duas que estão lá dentro."

Tudo é muito tênue ainda, muito impreciso. É difícil ver aquilo que, por proibido, se esconde. Mas aos poucos, seduzida, você vê. Na maneira que eles têm de quase não se olharem, no jeito espiralado dela, você vê. Seja bem claro agora. Não é hora de ficar rebordando estilo. A coisa é simples: um homem e uma menina enovelando um desejo. Empine os dois, dê linha a eles. Têm bem com que se enrolar. Mas trabalhe mais a menina. Quero que seja ela a primeira, a mais forte, a doce aranha.

"Vem a menina em passos lentos, fiando ao redor do homem a seda com que prenderá seu olhar. Para, estica uma perna, arqueia a linha descalça do pé, e com unhas de esmalte traça espirais na poeira do chão. Fincada como um compasso, a outra perna é eixo do corpo macio. Não o encara. Ajeita a máscara com dedos em ponta, afofa cachos inexistentes. Depois, num repente, baixa a viseira rubra sobre o rosto, e entre frestas conduz o brilho verde dos olhos até cravar o alvo, atenção do homem que a ela se ata. É agora, bem segura a ponta da meada, que ela desce o queixo no peito marcando de leve um sorriso, e lentamente começa a girar." Não, não era você que eu queria para contar esta história. Quisesse assim tão delicada, eu mesma escrevia. Procurei, porque precisava de alguém que quisesse fermentar esterco, adubar um fato vil. E vem você aí com essa tapeçaria medieval, se esgueirando entre palavras, mascarando com imagens. É vergonha? É incompetência? O que é isso que você tem? Um narrador profissional com medo de uma menina. Mas a menina está seduzindo um velho porque quer pisar na Lua. Vê se põe isso na tua cabeça. E se passa isso para o texto. "Firme, desenhando seu próprio movimento em vinco fundo no chão, roda sobre si mesma e fecha o círculo. Até dar-lhe as costas."

"É de costas, empinados quadris, que espera a gula dele depositar-se em visgo sobre as pernas. Não tem pressa. Chupa o dedo, finge roer as unhas, quati de dentinhos cariados. Deixa que ele lhe estude bem a pele, que afunde o olhar na concha rosa, reverso do joelho, que suba denso, palmilhando as coxas, que se embrenhe um instante. Só então, súbita e recatada, puxa para baixo o cós vermelho da malha, em defesa de pudores. E levantando a cabeça me sorri, rostinho aberto."

Pronto, agora você pode ficar com vergonha. A mãe está vendo, e não faz nada. Poderia chamar a menina, conversar, pagar a entrada dela. Mas isso seria reconhecer que sabe o que está se passando, que o tempo todo, enquanto ela se jogava no perigo, você desenhava atenta os detalhes, afiava a ponta do seu lápis na linha dos olhos, na pose do pé, mais interessada em roubar o fato do que em evitá-lo. Agora ela sorri para você, bem criança. Não quer te agradar. Quer teu álibi. Sorrindo de volta você está assinando seu atestado de inocência, afirmando que sim, ela é uma criança igual às outras, uma boa menina que merece teu carinho. E nada do que você viu aconteceu. E você, sem forças, sorri. "Uma menina como as minhas, brincando sábado à tarde no parque de diversões. Uma menina de coxas gordas que pede o meu sorriso. É isso que estou vendo, só isso. Não há por que esta secura na boca, este anotar." Ela não está com secura. Está úmida, seivando secreta ao sol do parque, presa com o homem na teia viscosa. Sua nas axilas. Ponha isso, esta palavra axilas, não, melhor, sovacos, que você odeia ainda mais, que acha tão óbvia. Eu sei que você não quer escrever como eu mando, que já se acha dono da história. Mas o fato, quem tem o fato sou eu. E sem mim você não tem nada para contar, sem mim, você não existe. "Este anotar desenhado de máscaras e pés. Nada, não há nada sobre o que fantasiar. Nenhum gesto concreto. Só uma malha vermelha esticada de leve sobre seios, e duas flores de pano amarradas ao pulso com uma fita. Pulso que o homem agora segura, sem forçar, firme apenas, debruçando-se sobre o ouvido encoberto pelas mechas. E que ela lhe entrega, dócil por momentos, logo puxando o braço e o corpo em riso de recusa, sacudindo do ouvido as suas palavras, mas trazendo no gesto a mão escura que, rápida, se encaixa na curva da cintura."

Leve ela embora, não a deixe ficar muito tempo junto dele. É por etapas que se insinua, avançando um pouco mais a cada vez, quase não concedendo, mas deixando crer. Ele não. Fica parado. É o centro, o poder. Não se move, não se apressa. Sabe que ela vai voltar até conseguir o que quer. E tem seu preço.

"Um momento, e ela já se afasta dançante, coçando na nuca o cabelo louro, vincado pela auréola do elástico. No *stand* de tiro, o único cliente encostou a carabina, e concentra sua atenção no alvo moreno da moça do parque, encarregada das armas. É para lá que ela vai. Eu a olho quando se aproxima, e agatanhada se dirige ao rapaz. Não sei o que se dizem. Vejo que o rapaz a segura debaixo dos braços, levantando-a devagar por trás. Até que ela, espremida entre o corpo dele e o balcão, alcance a carabina, e encostando-a no ombro possa dar seu tiro."

"Percebe o homem? Não parece. Sem virar a cabeça, sem procurá-la no olhar, move seus passos achatados recebendo dinheiro dos pais que aos poucos chegam, desafivela sandálias sorrindo, bondoso porteiro daquela Lua que ela quer acima de todos os brinquedos do parque, e que, ele sabe, a trará de volta."

"De volta vem ela, cortando em diagonal a distância. Traz na corrida outra menina, que a segue, que a segura um instante e logo foge, perseguida também. Não vão longe. No espaço junto à bolha, que agora com pais e crianças ficou subitamente apertado, se procuram em voltas, se oferecem torcendo o corpo para escapar à mão que avança, se tocam entre gritos, tentando vencer na garantia do pique. E esbarram, e tropeçam tumultuando a ordem da pequena fila já formada, até que o homem abandona seu posto junto à entrada, e exercendo publicamente seu papel de bom guardião expulsa a brincadeira."

"Afasta-se a outra menina, enquanto ela, serena e quieta, entra, como se de direito, entre as crianças descalças que, bilhete na mão, esperam bem-comportadas a vez de penetrar no cosmos. Não pede, não olha para ele. Balança de leve a cabeça acompanhando a música do parque. Depois se aquieta, a máscara vermelha já levantada em coroa. E devagar, chamando por ele em silencioso silvo, o brilho da língua descola os lábios, hesita no canto, e segue acariciante lambendo restos de batom, passando, forçando, insistindo, sugando em seu próprio sumo escamas de carmim."

"Esgotou-se o tempo lunar das minhas meninas, que paridas entre ventos pelo talho vêm a mim afogueadas. Avança ordenada a fila. Entre as outras crianças que, cabeça à frente, mergulham no bafo quente, o homem deixará enfim que ela entre. Mas será a última, retida até o fim, para que ele possa meter o braço na fenda fingindo ajuda, e alcançá-la entre plásticos. Depois deixará que pule seus vinte minutos no macio da bolha, grito afogado, sem sequer olhar no visor."

Agora saia você do parque. Mãe de dever cumprido, a caminho de casa, com as filhas pela mão. A menina vai sozinha. Para ela também o sábado acabou. Voltará no domingo, para colher mais onde plantou.

Acabou, se eu quiser. Aguentei até aqui calado, engolindo teus desaforos. Mas o fim chegou, dono da história. E não é mais uma história, é um conto. O que é que você tinha? Um fato? Mas fato todo mundo tem, acontece a toda hora na cara da gente. O que você não tem é voz para contar. E isso quem tem sou eu. Está aí teu fato, como você viu ou inventou. Mas agora é meu conto, história das minhas palavras, que eu acabo como quiser.

"É tarde quando saio, levando minhas filhas pela mão. Ela fica. Lá longe, na canoa que sobe esticando correntes, sua figura vermelha sangra o ar."

No silêncio que o sol queima

No meio do trigal, pernas abertas, abrigava pássaros. Era sempre assim. Com a chegada do verão sentia-se fértil, ensolarada de desejo, mãe da terra.

E deitava-se entre as hastes rígidas, as espigas túrgidas, à espera. Logo, pardais vinham aninhar-se entre suas coxas, fazendo-a suspirar com a doce carícia das asas. Esmagava entre os lábios pétalas de papoulas, e gemia. Fremir de plumas, pequenos bicos, breves pios, delícias. E as línguas do sol sobre seus seios.

Mas era só ao entardecer, quando o gavião em voo desenhava círculos de sombra sobre o ouro, lançando-se como pedra entre suas carnes para colher o mais tonto dos pardais, que as hastes estremeciam enfim, inclinando as espigas ao supremo grito.

Uma história de amor

Ganhei a estola de peles viva. Como se traz para casa a galinha cacarejante com as patas amarradas, assim meu marido entrou com as duas martas. Em vão tentei enrodilhá-las no pescoço para ver como ficariam depois. Eram ariscas. Pude apenas constatar a boa qualidade do pelo, lustroso, farto, sem estragos. E trancá-las na gaiola.

Cevá-las, disse meu marido. Isso é preciso. Quero vê-las bem gordas nos teus ombros fartos.

Pregou as patinhas no fundo de madeira cuidando de não danificá-las. E começou a meter-lhes comida goela abaixo.

Comiam elas, comia eu. Quero te ver bem roliça, dizia, e me enchia de bombons. Uma luz acesa impedia o sono das martas. As noites de amor não me deixavam dormir. Engordávamos. As grades da gaiola já vincavam os dorsos. A cama fazia-se pequena. A primeira marta morreu. A outra ocupou-lhe o espaço. Comida era tudo o que víamos. O tempo servido em colheradas, arquejávamos. A segunda marta morreu. Então meu marido aproximou-se luminoso de paixão e, cuidando de não danificá-las, pregou minhas mãos no fundo da cama.

No dorso da funda duna

O sol atravessava lentamente o céu. E abaixo dele, bem abaixo, um emir com sua caravana atravessava o deserto. A claridade era envolvente como um sono. Mas de repente, pelas frestas dos olhos apertados, o emir viu a figura escura de um homem recortar-se no dorso de uma duna. De um homem e de uma cabra.

Que parasse a caravana, ordenou o emir. Um homem sozinho no deserto é um homem morto.

– Mas não estou sozinho, nobre senhor – respondeu o homem levado à presença do emir.

E este, tendo logo pensado que uma cabra não é companhia suficiente em meio às areias, penitenciou-se no segredo da sua mente. Certamente aquele era um homem santo que vagava em penitência, e tinha a companhia da sua fé.

Assim mesmo, convidou-o a seguir viagem com eles. E, diante da recusa, ordenou que se lhe dessem alguns pães e um odre de água. Em breve, a caravana partia.

O homem apertou as espirais do turbante, puxou uma ponta do pano sobre a boca e, acompanhado pela cabra, recomeçou a andar.

O sol tinha refeito seu percurso muitas vezes e estava do outro lado da terra, quando um tropel de cavaleiros quase pisoteou o homem que dormia com a cabeça encostada na barriga da cabra. O primeiro cavaleiro puxou as rédeas, saltou na areia. O homem acordou num susto. O tropel parou.

– Um homem sozinho entre as dunas é um homem inútil – disse o cavaleiro, que chefiava aqueles piratas do deserto. E o convidou para que se juntasse ao bando.

Mas, quando o homem recusou a oferta, acrescentando que certamente era um inútil embora não estivesse sozinho, o chefe dos piratas achou que debochava dele, e mandou que o surrassem. Sem demora e sem ruído, pois cascos não ecoam na areia, o tropel partiu.

Os ferimentos da surra há muito haviam cicatrizado, no dia em que uma caravana de peregrinos passou no seu caminho. E, assim como ele a viu chegar com prazer, também os peregrinos consideraram a presença daquele homem e daquela cabra como um sinal propício, e decidiram acampar ao seu lado no dorso da duna.

Armadas as tendas, acesos os fogos, o chefe da caravana convidou o homem a comer. Os peregrinos sentaram-se ao redor, a comida passou de mão em mão. Só quando ela acabou, o velho perguntou ao homem o que estava fazendo no deserto.

E o sol ainda não havia se posto, e a lua ainda não havia surgido, quando o homem começou a contar.

Havia sido um homem próspero de uma próspera cidade, uma cidade que com seus minaretes e muros surgia em meio ao deserto. Marido de uma boa esposa, justo pai dos seus filhos, tinha sempre grãos na despensa, e a figueira junto à porta da sua casa a cada ano dava frutos. Um dia, chamado pelos negócios, havia partido em longa viagem. E, ao regressar, não mais havia encontrado sua cidade. Só depois de muito indagar entendera que o deserto, soprado pelo vento, havia passado por cima dos muros, engolindo os minaretes, as casas e a figueira. Toda a sua vida estava debaixo da areia. Mas onde, na areia? E havia começado a procurar.

– É por isso que até hoje anda no deserto? – perguntou o velho chefe da caravana.

Os dentes do homem brilharam à luz da lua que já se havia levantado.

– Ando porque ainda sou morador da minha cidade – respondeu. Inclinou-se, encostou o ouvido na areia, quedou-se atento por alguns minutos. – Há muito os encontrei – disse, erguendo-se.

Sorriu novamente. No ventre daquela duna, debaixo da caravana acampada, estavam os minaretes, as casas, a figueira. Estavam seus filhos e sua mulher. E ele podia ouvi-los a distância. Através da areia que os separava, podia ouvir os gritos dos pregões, as preces dos *muezins,* o riso da mulher e das crianças que certamente agora haviam crescido.

– Caminho para isso. Para estar sempre acima deles. Para escutar sua vida. – As dunas – acrescentou – vagueiam pelo deserto. E eu vou, acompanhando a minha.

Pouco faltava para a manhã. Ao alvorecer, os peregrinos partiram. Mas o vento tinha ouvido o relato do homem. E a próxima caravana que por ali passou já não o encontrou. A duna soprada grão a grão havia eriçado sua crista, cobrindo o homem e sua cabra como antes cobrira muros e minaretes. E abrindo caminho para eles, lentamente, até seu ventre.

Desertificação

O deserto começou a infiltrar-se na casa por baixo da porta, areia tangida por invisível sopro. Abriram, espiaram o elevador, examinaram as escadas. Nada. Nem areia nem vento. Em casa, porta fechada, halitava o siroco.

Abrasiva debaixo dos pés, suave concha nos cantos, a areia acumulava-se. Desapareceram as flores do tapete, secaram as folhagens do sofá. Quando o deserto sufocou os pássaros da tapeçaria, nenhum verde restava na sala. Sem chuva, breve morreria também o oásis do quarto.

Formada a primeira duna, o pai trouxe a cabra e o cabritinho amarrados de corda. Garantiriam o leite. A mãe, arrancando cortinas, providenciou panos, folgadas roupas, turbantes que protegiam a cabeça e a boca. Os olhos, na claridade, trabalhavam para descobrir entre frestas algum alimento para as cabras. E à noite acendiam em fogueiras o que restava dos móveis.

Mas logo a duna começou a mover-se. Desfaziam-se as ondas do cimo para ondularem mais adiante. Era hora de partir. Desmontaram a tenda, amarraram as cabras, ergueram nos ombros os odres de leite. E em fila pelo corredor seguiram a maré da duna. Acampariam onde ela parasse. Tornariam a partir com ela, viajantes no ritmo de luas e sóis. Assim para sempre, acompanhados pelo balido das cabras e pela urgência do vento, vida nômade que apenas começava.

O camelo

Não esperava encontrar o camelo. Embora meu *closet* não tenha portas, eu não o tinha visto entrar. Pastava as suéteres. Compreendi a necessidade de lã. Mas o diálogo era difícil com ele assim metido no espaço estreito, voltando-me o posterior. Subi num banco, galguei-lhe as costas. E escorregando pela suave geografia encontrei-me no aconchego das corcovas. O camelo pastava na escuridão felpuda, o dorso ruminava entre minhas pernas. Eu toda envolta por peles e pelos, gordura macia, resvalei em tal beatitude que, abocanhando um chumaço de pelos do camelo, pus-me a ruminar docemente.

Um espinho de marfim

Amanhecia o sol e lá estava o unicórnio pastando no jardim da Princesa. Por entre flores olhava a janela do quarto onde ela vinha cumprimentar o dia. Depois esperava vê-la no balcão, e, quando o pezinho pequeno pisava no primeiro degrau da escadaria descendo ao jardim, fugia o unicórnio para o escuro da floresta.

Um dia, indo o Rei de manhã cedo visitar a filha em seus aposentos, viu o unicórnio na moita de lírios.

Quero esse animal para mim. E imediatamente ordenou a caçada.

Durante dias o Rei e seus cavaleiros caçaram o unicórnio nas florestas e nas campinas. Galopavam os cavalos, corriam os cães e, quando todos estavam certos de tê-lo encurralado, perdiam sua pista, confundiam-se no rastro.

Durante noites o rei e seus cavaleiros acamparam ao redor das fogueiras ouvindo no escuro o relincho cristalino do unicórnio.

Um dia, mais nada. Nenhuma pegada, nenhum sinal da sua presença. E silêncio nas noites.

Desapontado, o rei ordenou a volta ao castelo.

E logo ao chegar foi ao quarto da filha contar o acontecido. A princesa, penalizada com a derrota do pai, prometeu que dentro de três luas lhe daria o unicórnio de presente.

Durante três noites trançou com os fios de seus cabelos uma rede de ouro. De manhã vigiava a moita de lírios do jardim. E no nascer do quarto dia, quando o sol encheu com a primeira luz os cálices brancos, ela lançou a rede aprisionando o unicórnio.

Preso nas malhas de ouro, olhava o unicórnio aquela que mais amava, agora sua dona, e que dele nada sabia.

A princesa aproximou-se. Que animal era aquele de olhos tão mansos retido pela artimanha de suas tranças? Veludo do pelo, lacre dos cascos, e desabrochando no meio da testa, espinho de marfim, o chifre único que apontava ao céu.

Doce língua de unicórnio lambeu a mão que o retinha. A princesa estremeceu, afrouxou os laços da rede, o unicórnio ergueu-se nas patas finas.

Quanto tempo demorou a princesa para conhecer o unicórnio? Quantos dias foram precisos para amá-lo?

Na maré das horas banhavam-se de orvalho, corriam com as borboletas, cavalgavam abraçados. Ou apenas conversavam em silêncio de amor, ela na grama, ele deitado a seus pés, esquecidos do prazo.

As três luas porém já se esgotavam. Na noite antes da data marcada o rei foi ao quarto da filha lembrar-lhe a promessa. Desconfiado, olhou nos cantos, farejou o ar. Mas o unicórnio que comia lírios tinha cheiro de flor, e escondido entre os vestidos da princesa confundia-se com os veludos, confundia-se com os perfumes.

Amanhã é o dia. Quero sua palavra cumprida, disse o rei – virei buscar o unicórnio ao cair do sol.

Saído o rei, as lágrimas da princesa deslizaram no pelo do unicórnio. Era preciso obedecer ao pai, era preciso manter a promessa. Salvar o amor era preciso.

Sem saber o que fazer, a princesa pegou o alaúde, e a noite inteira cantou sua tristeza. A lua apagou-se. O sol mais uma vez encheu de luz as corolas. E como no primeiro dia em que se haviam encontrado a princesa aproximou-se do unicórnio. E como no segundo dia olhou-o procurando o fundo dos seus olhos. E como no terceiro dia segurou-lhe a cabeça com as mãos. E nesse último dia aproximou a cabeça do seu peito, com suave força, com força de amor empurrando, cravando o espinho de marfim no coração, enfim florido.

Quando o rei veio em cobrança de promessa, foi isso que o sol morrente lhe entregou, a rosa de sangue e um feixe de lírios.

De água nem tão doce

Criava uma sereia na banheira. Trabalho, não dava nenhum, só a aquisição dos peixes com que se alimentava. Mansa desde pequena, quando colhida em rede de camarão, já estava treinada para o cotidiano da vida entre azulejos.

Cantava. Melopeias, a princípio. Que aos poucos, por influência do rádio que ele ouvia na sala, foi trocando por músicas de Roberto Carlos. Baixinho, porém, para não incomodar os vizinhos.

Assim se ocupava. E com os cabelos, agora pálido ouro, que trançava e destrançava sem-fim. "Sempre achei que sereia era loura", dissera ele um dia trazendo tinta e água oxigenada. E ela, sem sequer despedir-se dos negros cachos no reflexo da água da banheira, começara dócil a passar o pincel.

Só uma vez, nos anos todos em que viveram juntos, ele a levou até a praia. De carro, as escamas da cauda escondidas debaixo de uma manta, no pescoço a coleira que havia comprado para prevenir um recrudescer do instinto. Baixou um pouco o vidro, que entrasse ar de maresia. Mas ela nem tentou fugir. Ligou o rádio e ficou olhando as ondas, enquanto flocos de espuma caíam dos seus olhos.

Porém igualmente

É uma santa. Diziam os vizinhos. E D. Eulália apanhando.

É um anjo. Diziam os parentes. E D. Eulália sangrando.

Porém igualmente se surpreenderam na noite em que, mais bêbado que de costume, o marido, depois de surrá-la, jogou-a pela janela, e D. Eulália rompeu em asas o voo de sua trajetória.

Maria, Maria

Manhã de março. E a campainha toca.

– Quem é? – pergunta Maria já ansiosa, na verdade inquirindo ao mundo por que me chamam em casa, o que querem de mim?

– A senhora foi escolhida – responde o rapaz, tão louro atrás da corrente que retém porta e segurança.

Fui escolhida para quê?, pensa Maria, não ouço rádio, não entro em concurso, fui escolhida não, mentira.

– Obrigada, não quero comprar nada – e Maria empurra a porta. Que não se fecha, porque o rapaz botou o pé na fresta.

– Ouça, não é nada para vender.

– Não, obrigada.

– Não é para pagar.

– Nem assim.

Maria faz força. Olha ostensivamente o pé dele, sandália. Depois o rosto, cabelos anelados ao redor.

– Com licença – diz Maria perguntando-se o que será que ele quer, e reparando na beleza dos cachos, que cachos harmoniosos, pensamento que corre sozinho como torneira esquecida aberta, por trás de outros pensamentos mais cortantes, de desconfiança, defesa.

– Quer fazer o favor de tirar o pé? – Maria usa sua voz mais autoritária para sobrepô-la ao medo crescente.

– A senhora não está entendendo. Eu sou um anjo do Senhor.

Um maluco. Era só o que me faltava. Logo hoje que estou sozinha em casa. Essa cidade está virando um hospício. Assim pensa Maria. Mas diz:

– Olha, meu amigo...

Ele repete – Eu sou um anjo do Senhor.

E então, lentamente, sorri.

Maria nem pensa que aquele sorriso é uma primavera. Sente-se apenas trespassar de mansidão, ensolarada. Maria sorri.

– Desculpe – diz. E, por dentro, como fui ser tão ridícula? – Desculpe – repete. – O que é mesmo que você queria?

– Posso entrar? – a pergunta parece tão lógica, tão absolutamente serena, que Maria se apressa a tirar a corrente, abrir a porta.

E o rapaz entra na casa de Maria.

– Você quer um café? – pergunta Maria. – Uma água?

– Quero que você sente aqui ao meu lado, Maria, porque tenho uma coisa importante para te dizer.

Maria nem se pergunta como ele sabe seu nome, esse homem tão lindo. Maria não tem nenhuma interrogação mais, só o desejo de sentar ali no sofá da sala, junto àquele rapaz de camiseta e cachos, e respirar seu hálito.

– Maria – diz ele –, você não vai acreditar, mas eu te trouxe um presente.

Não, Maria não acredita. Mas isso não faz diferença, porque a mão do rapaz é quente na sua coxa e o hálito dele é perfume e flor, e a boca dele, ah! a boca dele é um fruto do Senhor.

Despejada! Logo agora! Logo agora que a barriga retesada e plena como um ovo está prestes a culminar sua tarefa. Maria quase não acredita, não quer acreditar, mas a carta está ali, tinha acertado tudo com o senhorio, mas a carta está na mão dela, é isso, não tem como voltar atrás, não dá mais para ficar só esperando o nenén chegar, agora é preciso arrumar outro apartamento. E depressa.

Maria lê os classificados, recorta anúncios possíveis. E sai. Pega ônibus, pega metrô, anda, anda, sobe escadas, fala com porteiros, entra em elevadores, abre portas. Abre portas sobre apartamentos vazios, cheirando a já habitados, poeira nas frinchas. E a cada um se pergunta, será nesse que quero ficar? Não, lhe responde uma cor de parede. Não, a estreiteza de uma sala. Não, um corredor escuro, uma banheira rachada. Até que um dia, depois de tantas portas inutilmente abertas, sim, lhe diz uma janela sem cortinas aberta sobre árvores, sim, um piso claro, sim sim, o sol derramado nas paredes. Sim, parece dizer-lhe do centro de tudo o seu bebê. E assim Maria sabe que já encontrou uma casa para recebê-lo.

Precisará ainda fazer a mudança, juntar suas coisas, depois acompanhar o caminhão com seu próprio carro, pequena procissão através do trânsito da cidade, durante a qual os cristais mais delicados, que levou consigo num balaio, tilintam como minúsculos sinos.

Está justamente tentando definir lugares para os objetos na casa ainda caótica, quando o corpo moído exige que ela ponha as mãos nos rins e, projetando a barriga para a frente para aliviar o peso, Maria percebe que uma sombra se avoluma por dentro do ventre.

Uma sombra que ainda não é dor, mas que cresce e, insistente, chama.

Deitada de lado como o médico mandou, Maria respira pausadamente enquanto a dor maior lhe dá repouso. É uma trégua apenas, ela sabe, logo a onda tentará submergi-la outra vez, vinda do pé, da terra que ela sequer toca, mas que está nela, passado de semeadura e colheita que habita toda mulher. Agora é tempo de colher. Como o Anjo disse que aconteceria, o filho está maduro para a luz.

O médico aproxima-se de Maria, fala com a enfermeira. Maria não lhe presta atenção, como se não o ouvisse. Maria está com a atenção voltada para dentro, ouvindo a conversa sem som do bebê que nela, e com ela, luta para derrubar as muralhas do corpo materno e libertar-se. Maria está ocupada demais em abrir-lhe passagem, para poder conversar com o médico, dizer-lhe como se sente. Pois Maria se sente como o bebê, sem palavras.

Sabe porém que chegou a hora. Na maca, rumo à sala de parto, Maria pensa apenas no seu desejo de vê-lo, pegá-lo no colo, ela que há tantos meses o traz no regaço.

Frio, luz intensa, o corpo tão doído que quase o desconhece. Força, Maria, é preciso fazer força. Os músculos tensos, os dentes cerrados, o pescoço quase estourando. E de repente aquela sensação líquida, macia, de peixe esgueirando-se, saltando, como se a dor e o sangue e as vísceras de Maria se esvaíssem por entre suas pernas, deixando-a vazia e apaziguada.

– É uma menina – ouve o médico dizer do fundo da luz.

Uma menina?! Então, pensa Maria quase com alívio antes de resvalar para o torpor, então não era verdade, nada do que o Anjo disse era verdade, eu não fui escolhida, sou apenas uma mãe qualquer, mãe da minha filha amada, que bem-vinda seja.

Lá vem Maria com sua filha no colo entrando no apartamento novo. Olha em volta. Que desordem, não repare, querida. E o teu bercinho que não chegou, a loja acabou não entregando; também, com essa confusão toda de Natal... não há de ser nada, mamãe vai dar um jeito.

Maria deita sobre o sofá a nenén enrolada na manta. Vê um caixote vazio, ainda com palha da mudança, arrasta-o para o meio da sala, afofa a palha, põe almofadas por cima e, com gestos de quem quara roupa ao sol, abre sobre as almofadas o lençolzinho branco, bordado, que estava guardado numa gaveta com sachê cheiroso, para o primeiro dia.

– Pronto, querida, está feita a tua caminha, pode dormir sossegada.

Maria tira a manta, deita a nenén no berço improvisado, sem cobri-la sequer, que a tarde é quente.

Miau, faz o gato roçando nas pernas de Maria. E só então ela se lembra que o pobrezinho deve estar morto de fome, ele e o cachorro, sós no apartamento desde que ela foi para a maternidade, aos cuidados apenas do porteiro.

– Desculpem, vou cuidar de vocês também, não precisam ficar com ciúmes.

Na cozinha, Maria despeja a ração na tigela, abre uma lata de sardinhas para o gato, bate de leve com o prato no chão. Chama, psss, psss. Nem gato nem cachorro obedecem. Chama de novo, faz barulho com o prato. Nada. Que será que há com esse bichos, se pergunta Maria. Intrigada, vai até a sala. Não chega a entrar, porém, retida por um instante na porta, em devoção.

Lá está o caixote, onde ela o deixou. Mas o gato de um lado e o cachorro do outro bafejam delicadamente sobre a menina. E acima dela, pairando ofuscante na tarde que se vai, esparge sua fúlgida luz uma estrela.

– Então era verdade! O Anjo não mentiu!

Ajoelha-se Maria perto da filha. Sim, o Anjo disse a verdade. Sagrada é a menina que esperneia entre linhos. Como estava prometido, Ela chegou. Louvor aos céus, pois a Messias está entre nós.

Anjo da guarda

Do poleiro ele não fugiria. Garantiam sua permanência a argola de ferro no pé e a ponta da asa cortada. Sem ele, que solidão insuportável seria sua vida.

Sim, era outra mulher. Lavava, passava, cantava na cozinha e crescia plantas.

Longe estavam os dias de choro e desespero. Distante aquela tarde em que, o formicida pronto na cozinha, a campainha tocara interrompendo o gesto. E da porta, louro e alado, o adolescente lhe dissera:

– Não chore. Vim lhe ajudar. Sou seu Anjo da guarda.

A busca da razão

Sofreu muito com a adolescência.

Jovem, ainda se queixava.

Depois, todos os dias subia numa cadeira, agarrava uma argola presa ao teto e, pendurado, deixava-se ficar.

Até a tarde em que se desprendeu esborrachando-se no chão: estava maduro.

Entre a espada e a rosa

Qual é a hora de casar, senão aquela em que o coração diz "quero"? A hora que o pai escolhe. Isso descobriu a Princesa na tarde em que o Rei mandou chamá-la e, sem rodeios, lhe disse que, tendo decidido fazer aliança com o povo das fronteiras do Norte, prometera dá-la em casamento ao seu chefe. Se era velho e feio, que importância tinha frente aos soldados que traria para o reino, às ovelhas que poria nos pastos e às moedas que despejaria nos cofres? Estivesse pronta, pois breve o noivo viria buscá-la.

De volta ao quarto, a Princesa chorou mais lágrimas do que acreditava ter para chorar. Embotada na cama, aos soluços, implorou ao seu corpo, a sua mente, que lhe fizessem achar uma solução para escapar da decisão do pai. Afinal, esgotada, adormeceu.

E na noite sua mente ordenou, e no escuro seu corpo ficou. E ao acordar de manhã, os olhos ainda ardendo de tanto chorar, a Princesa percebeu que algo estranho se passava. Com quanto medo correu ao espelho! Com quanto espanto viu cachos ruivos rodeando-lhe o queixo! Não podia acreditar, mas era verdade. Em seu rosto, uma barba havia crescido.

Passou os dedos lentamente entre os fios sedosos. E já estendia a mão procurando a tesoura, quando afinal compreendeu. Aquela era a sua resposta. Podia vir o noivo buscá-la. Podia vir com seus soldados, suas ovelhas e suas moedas. Mas, quando a visse, não mais a quereria. Nem ele nem qualquer outro escolhido pelo Rei.

Salva a filha, perdia-se porém a aliança do pai. Que tomado de horror e fúria diante da jovem barbada, e alegando a vergonha que cairia sobre seu reino diante de tal estranheza, ordenou-lhe abandonar o palácio imediatamente.

A Princesa fez uma trouxa pequena com suas joias, escolheu um vestido de veludo cor de sangue. E, sem despedidas, atravessou a ponte levadiça, passando para o outro lado do fosso. Atrás ficava tudo o que havia sido seu, adiante estava aquilo que não conhecia.

Na primeira aldeia aonde chegou, depois de muito caminhar, ofereceu-se de casa em casa para fazer serviços de mulher. Porém ninguém quis aceitá-la porque, com aquela barba, parecia-lhes evidente que fosse homem.

Na segunda aldeia, esperando ter mais sorte, ofereceu-se para fazer serviços de homem. E novamente ninguém quis aceitá-la porque, com aquele corpo, tinham certeza de que era mulher.

Cansada mas ainda esperançosa, ao ver de longe as casas da terceira aldeia, a Princesa pediu uma faca emprestada a um pastor, e raspou a barba. Porém, antes mesmo de chegar, a barba havia crescido outra vez, mais cacheada, brilhante e rubra do que antes.

Então, sem mais nada pedir, a Princesa vendeu suas joias para um armeiro, em troca de uma couraça, uma espada e um elmo. E, tirando do dedo o anel que havia sido de sua mãe, vendeu-o para um mercador, em troca de um cavalo.

Agora, debaixo da couraça, ninguém veria seu corpo, debaixo do elmo, ninguém veria sua barba. Montada a cavalo, espada em punho, não seria mais homem, nem mulher. Seria guerreiro.

E guerreiro valente tornou-se, à medida que servia aos Senhores dos castelos e aprendia a manejar as armas. Em breve, não havia quem a superasse nos torneios, nem a vencesse nas batalhas. A fama da sua coragem espalhava-se por toda parte e a precedia. Já ninguém recusava seus serviços. A couraça falava mais que o nome.

Pouco se demorava em cada lugar. Lutava cumprindo seu trato e seu dever, batia-se com lealdade pelo Senhor. Porém suas vitórias atraíam os olhares da corte, e cedo os murmúrios começavam a percorrer os corredores. Quem era aquele cavaleiro, ousado e gentil, que nunca tirava os trajes de batalha? Por que não participava das festas, nem cantava para as damas? Quando as perguntas se faziam em voz alta, ela sabia que era chegada a hora de partir. E ao amanhecer montava seu cavalo, deixava o castelo, sem romper o mistério com que havia chegado.

Somente sozinha, cavalgando no campo, ousava levantar a viseira para que o vento lhe refrescasse o rosto acariciando os cachos rubros. Mas tornava a baixá-la, tão logo via tremular na distância as bandeiras de algum torreão.

Assim, de castelo em castelo, havia chegado àquele governado por um jovem Rei. E fazia algum tempo que ali estava.

Desde o dia em que a vira, parada diante do grande portão, cabeça erguida, oferecendo sua espada, ele havia demonstrado preferi-la aos outros guerreiros. Era a seu lado que a queria nas batalhas, era ela que chamava para os exercícios na sala de armas, era ela sua companhia preferida, seu melhor conselheiro. Com o tempo, mais de uma vez, um havia salvo a vida do outro. E parecia natural, como o fluir dos dias, que suas vidas transcorressem juntas.

Companheiro nas lutas e nas caçadas, inquietava-se porém o Rei vendo que seu amigo mais fiel jamais tirava o elmo. E mais ainda inquietava-se, ao sentir crescer dentro de si um sentimento novo, diferente de todos, devoção mais funda por aquele amigo do que um homem sente por um homem. Pois não podia saber que à noite, trancado o quarto, a princesa encostava seu escudo na parede, vestia o vestido de veludo vermelho, soltava os cabelos, e diante do seu reflexo no metal polido, suspirava longamente pensando nele.

Muitos dias se passaram em que, tentando fugir do que sentia, o Rei evitava vê-la. E outros tantos em que, percebendo que isso não a afastava da sua lembrança, mandava chamá-la, para arrepender-se em seguida e pedia-lhe que se fosse.

Por fim, como nada disso acalmasse seu tormento, ordenou que viesse ter com ele. E, em voz áspera, lhe disse que há muito tempo tolerava ter a seu lado um cavaleiro de rosto sempre encoberto. Mas que não podia mais confiar em alguém que se escondia atrás do ferro. Tirasse o elmo, mostrasse o rosto. Ou teria cinco dias para deixar o castelo.

Sem resposta, ou gesto, a Princesa deixou o salão, refugiando-se no seu quarto. Nunca o Rei poderia amá-la, com sua barba ruiva. Nem mais a quereria como guerreiro, com seu corpo de mulher. Chorou todas as lágrimas que ainda tinha para chorar. Dobrada sobre si mesma, aos soluços, implorou ao seu corpo que a libertasse, suplicou a sua mente que lhe desse uma solução. Afinal, esgotada, adormeceu.

E na noite sua mente ordenou, e no escuro seu corpo brotou. E ao acordar de manhã, com os olhos inchados de tanto chorar, a Princesa percebeu que algo estranho se passava. Não ousou levar as mãos ao rosto. Com medo, quanto medo! aproximou-se do escudo polido, procurou seu reflexo. E com espanto, quanto espanto! viu que, sim, a barba havia desaparecido. Mas em seu lugar, rubras como os cachos, rosas lhe rodeavam o queixo.

Naquele dia não ousou sair do quarto, para não ser denunciada pelo perfume, tão intenso, que ela própria sentia-se embriagar de primavera. E perguntava-se de que adiantava ter trocado a barba por flores, quando, olhando no escudo com atenção, pareceu-lhe que algumas rosas perdiam o viço vermelho, fazendo-se mais escuras que o vinho. De fato, ao amanhecer, havia pétalas no seu travesseiro.

Uma após a outra, as rosas murcharam, despetalando-se lentamente. Sem que nenhum botão viesse substituir as flores que se iam. Aos poucos, a rósea pele aparecia. Até que não houve mais flor alguma. Só um delicado rosto de mulher.

Era chegado o quinto dia. A Princesa soltou os cabelos, trajou seu vestido cor de sangue. E, arrastando a cauda de veludo, desceu as escadarias que a levariam até o Rei, enquanto um perfume de rosas se espalhava no castelo.

Canção para Hua Mu-Lan

Donzela, quando soube que o inimigo ameaçava as fronteiras do seu país, vestiu a couraça de couro de rinoceronte, cingiu o elmo, e partiu para a guerra.

Durante anos seus negros cabelos esvoaçaram nas batalhas. Os generais compuseram canções em seu louvor. E muitos cavalos trocou, que tombavam sob as flechas. Nos exércitos, ao pé das fogueiras, contavam-se os seus feitos.

Mas, rechaçado o inimigo, apagaram-se as fogueiras, e os soldados voltaram para as suas casas. Pendurada num prego, a couraça sem serventia se cobre de poeira. Muitos fios brancos rajam os cabelos da donzela. Que não aprendeu a fiar. Que não aprendeu a tecer. E que agora debaixo de um salgueiro dorme e dorme, com sua espada expulsando inimigos para além das fronteiras do sonho.

Verdadeira história de um amor ardente

Nunca tivera namorada, esposa, amante. Desde jovem vivia só. Entretanto, passando os anos, sentia-se como se mais só ficasse, adensando-se ao seu redor aquele mesmo silêncio que antes lhe parecera apenas repousante. E, vindo por fim a tristeza instalar-se no seu cotidiano, decidiu providenciar uma companheira que, partilhando com ele o espaço, expulsasse a intrusa lamentosa.

Em loja especializada adquiriu grande quantidade de cera, corantes, e todo o material necessário. Em breves estudos nos almanaques e tratados aprendeu a técnica. E logo, trancado à noite em sua casa, começou a moldar aquela que preencheria seus desejos.

Pronta, surpreendeu-se com a beleza que quase inconscientemente lhe havia transmitido. A suavidade opalinada, rósea palidez que aqui e ali parecia acentuar-se num rubor, não tinha semelhança com a áspera pele das mulheres que porventura conhecera. Nem a elegância altiva desta podia comparar-se à rusticidade quase grosseira daquelas. Era uma dama de nobre silêncio. E só tinha olhos para ele.

Perdidamente a amou. O calor dos seus abraços tornando aquele corpo ainda mais macio, conferia-lhe uma maleabilidade em que todo toque se imprimia, formando e deformando a amada no fluxo do seu prazer.

Já há algum tempo viviam juntos, quando uma noite a luz faltou. Começava ele a cansar-se de tanta docilidade. Começava ela a empoeirar-se, turvando em manchas acinzentadas os tons antes translúcidos. Um certo tédio havia-se infiltrado na vida do casal. Que ele tentava justamente combater naquela noite empunhando um bom livro, no momento em que a lâmpada apagou.

Sentado na poltrona, com o livro nas mãos prometendo delícias, ainda hesitou. Depois levantou-se, e tateando, com o mesmo isqueiro com que há pouco acendera o cigarro, inflamou a trança da mulher, iluminando o aposento.

Arrastou-a então para mais perto de si, refestelou-se na poltrona. E, sereno, começou a ler à luz do seu passado amor, que queimava lentamente.

Nunca descuidando do dever

Jamais permitiria que seu marido fosse para o trabalho com a roupa malpassada, não dissessem os colegas que era esposa descuidada. Debruçada sobre a tábua com olho vigilante, dava caça às dobras, desfazia pregas, aplainando punhos e peitos, afiando o vinco das calças. E, a poder de ferro e goma, envolta em vapores, alcançava o ponto máximo da sua arte ao arrancar dos colarinhos liso brilho de celuloide.

Impecável, transitava o marido pelo tempo. Que, embora respeitando ternos e camisas, começou sub-repticiamente a marcar seu avanço na pele do rosto. Um dia notou a mulher um leve afrouxar-se das pálpebras. Semanas depois percebeu que, no sorriso, franziam-se fundos os cantos dos olhos.

Mas foi só muitos meses mais tarde que a presença de duas fortes pregas descendo dos lados do nariz até a boca tornou-se inegável. Sem nada dizer, ela esperou a noite. Tendo finalmente certeza de que o homem dormia o mais pesado dos sonos, pegou um paninho úmido e, silenciosa, ligou o ferro.

Na estreia

I

Na noite da estreia o leão tremia tanto de emoção que, num bater de dentes, acabou decepando a cabeça do domador.

II

Na noite da estreia, ao serrar sua mulher em duas, o mágico percebeu que só gostava da parte de cima.

III

Na noite da estreia, depois que todos se foram e as luzes se apagaram, a bailarina deitou-se no fio e adormeceu.

Amor e morte na página dezessete

No dia em que Selena saiu no jornal, não ganhou foto na primeira página. Quinze linhas somente, no canto esquerdo. Mas foi lá dentro, na página dezessete, abaixo do título, que o marido a viu com seu decote, o rosto meio escondido na mão, chorando por outro homem.

A foto havia sido tirada ao lado do picadeiro. Viam-se atrás da cabeça dela um pedaço da lona, o alto das grades. Rodeada de gente, Selena não percebera que estava sendo fotografada, havia tantas luzes ali. Nem pensara que sairia no dia seguinte na página 17 e que o marido a veria. Ou pensara, mas como um problema a resolver em outra hora, envergonhada quase de que esse pensamento surgisse quando só lhe cabia pensar no outro, no outro que ali estava, a seus pés.

"Como conseguem chegar tão depressa?!", perguntara-se admirado o dono do circo, ele que só conseguia deslocar suas gentes lentamente. E correra para alcançar as camionetes de TV, antes mesmo que acabassem de estacionar entre os *trailers* e abrissem as portas. Apresentou-se ao primeiro que saltou. Um erro. Nem esse nem o segundo que saltou, a quem também se apresentou, tinham qualquer importância, carregadores de equipamentos, nenhum deles se lembraria dele no futuro, na hora de dar uma notícia sobre o Gran Circus; o repórter, cadê o repórter? A repórter já estava lá dentro empurrando o microfone diante do rosto desfeito de Selena, tentando arrancar-lhe qualquer coisa que durasse pelo menos dois minutos, qualquer coisa mais que aquele olhar escondido pelas pálpebras inchadas, que aquele balbuciar quase incoerente.

Assim mesmo a matéria saiu no noticiário do dia seguinte, na hora do almoço. Não deu para jogar no horário nobre, à noite – tivesse acontecido na seção matinê teria caído como uma luva, mas as coisas teimam em acontecer depois das vinte horas e no dia seguinte já parecem frias.

Essa, porém, ainda estava quente quando foi servida com o arroz e o feijão para todo o bairro de Selena.

Ela, Selena, não tinha voltado para casa, não tinha vindo dormir. Tinha passado a noite entre pessoas que não conhecia, rostos que se dirigiam a ela, que faziam perguntas exigindo respostas quando ela nem bem ouvia, vozes e presenças que a conduziam de uma sala a outra. Uma noite sem feitio, sem nada que a ligasse a todas as noites anteriores da sua vida, encharcada de café e copos d'água, sem que a deixassem sozinha por um minuto, embora só disso ela precisasse, ficar sozinha e tomar sua alma entre as mãos. Mas não, a noite inteira sente-se, venha, beba isso que vai lhe fazer bem, data de nascimento, carteira, assine por favor, outra vez, siga por aqui. E salas e salas e corredores e lâmpadas no alto. Depois um último corredor e um carro, já começava o dia, e ela tinha dito não, não, para a minha casa não, e tinha pedido que a deixassem na casa de uma amiga, porque não podia chegar no bairro àquela hora, com aquele vestido.

"Esse vestido, Selena, só para sair comigo", havia dito o marido no dia em que Selena saíra do quarto com o decote emoldurado na estampa viva, os quadris moldados de vermelho. "Mesmo assim...", e observara seu caminhar até o sofá, à procura de uma restrição possível para opor ao seu desejo. "Mesmo assim, está muito curto."

Selena displicente, afivelando as sandálias altas, "Não tem bainha para descer". E, cruzando as pernas, "Gostou não?"

As pernas de Selena expostas, coxas esmagadas contra o couro sintético do sofá. Estão colando, pensara o marido, imaginando-as úmidas sobre o assento.

Era mentira que tivesse mandado a costureira fazer o vestido com um pano de liquidação, como havia dito ao marido. Mas não podia contar que havia sido dado pelo amante. Como poderia? Nem ia deixar de receber o presente, um agrado, como dissera ele pagando na caixa a roupa que a havia mandado escolher. Para sair comigo, acrescentara tocando-lhe a cintura.

Pequenas mentiras. Às vezes não pequenas. Às vezes nem mentiras. Palavras, nada mais do que isso, palavras que ela organizava a seu modo. Não era grave. Grave teria sido magoar qualquer dos dois. Pois se gostava de ambos. Grave teria sido magoar a si mesma.

No princípio, talvez, um pouco de mágoa a habitava, uma quase dor, por não poder dizer ao marido "tenho um amor", e partilhar com ele sua emoção, por se sentir obrigada a resistir, embora pouco, quando tudo o que queria era a entrega. E o medo, medo de ser descoberta, medo ainda maior de ser arrastada por seu desejo em alguma direção que não pudesse controlar. Mas tão bom ter o amante todo ardências, que logo qualquer outro sentimento desaparecera. E agora, passados tantos anos, tão assentada ela no querer dos dois, surpreendia-se quase de que não vivessem todos juntos na mesma casa, partilhando a mesa além da cama.

Selena nem se lembrava como havia chegado até a arena, se descendo ou rolando do alto da arquibancada, se passando por cima das pessoas ou se levada por elas. De repente estava ali, na beira do grupo compacto que se havia fechado de imediato ao redor do fato como uma parede de bailarinas, palhaços, espectatores. E logo estava no meio do círculo, ela e o homem dos alamares no casaco, que a segurava pelo braço, que vociferava, que talvez a sacudisse, ou era ela que com seu tremor sacudia a mão dele. Os holofotes acesos. Acesos nos seus olhos, e as lágrimas lascando em estrelas toda aquela luz, todos aqueles rostos. Depois a TV, as rijas serpentes dos cabos pelo chão, ao redor dos pés, a moça insistindo. E a luz ainda mais forte.

Na delegacia, também, havia luz em seus olhos. O que queriam, o que procuravam entre suas pálpebras? Sou uma mulher casada, repetia. Tenho marido. Me deixem ir. Mas não, isso ela dizia para si mesma, isso ela repetia calada pela angústia, como uma ladainha, em busca do seu refúgio, tenho marido, tenho. A eles, em resposta a tanto que queriam saber, só soube dar seu endereço, que nem era preciso dar, estava na bolsa, e como é que a bolsa fora parar na delegacia se ela não se lembrava de carregar bolsa alguma ao atirar-se do alto da arquibancada? Tinha telefone também. E eles ligaram.

O homem atendeu. Alô, disse, e era o mesmo homem de sempre, aquele que os vizinhos conheciam, seu Jonas da casa três, um pouco rude mas respeitador, marido da dona Selena. Atendeu com a voz de dono com que um homem atende ao telefone da própria casa. Alô. E era ainda ele, Jonas, como sempre havia se conhecido. Bastou porém ouvir a resposta do lado de lá, para que a ameaça o alcançasse como um dardo. Delegacia? Não era um presságio, era a realidade do medo que lhe tomava os joelhos, o peito. E, à medida que o outro falava, conciso, indo logo ao essencial, Jonas sentiu que deixava de ser o Jonas que sempre havia acreditado ser, tornando-se alguém que ainda não conhecia. Sem que o interlocutor pudesse perceber, uma metamorfose se operava do lado de cá da linha, e esse homem, Jonas, de fone na mão, via-se despido da sua segurança como a serpente é despida da pele, e nu, com sua branca carne viva, já não era o marido respeitado e invejado pela vizinhança, mas alguém de quem se rir pelas costas; não era o macho que sempre havia esgotado as vontades da sua fêmea, mas apenas um homem que gozava. Expulso da serenidade, Jonas encontrou-se ao desabrigo. Sei, respondeu depois de um longo silêncio que o outro, de lá, tentava quebrar para ter certeza de ter sido entendido. Sei, repetiu. E, pela primeira vez, sabia.

O cara não vem, o policial disse para o outro desligando. Tinha falado com Jonas na frente de Selena sem constrangimento, como se ela não ouvisse ou como se o que tinha a dizer ao marido não fosse constrangedor para ela. Não era. Falassem alto à vontade. A relação dela com Jonas não estava ali. Não estava do outro lado da linha. Seu marido, o companheiro seu, a esperava adiante em algum momento, árduo momento em que teriam que se encontrar. Mas aquela mesma relação que ela projetava para o futuro estava inteira ali, no seu mudo repetir tenho marido, na vontade de que ele viesse, a levasse para casa, a tirasse daquele lugar. Jonas! invocou de novo sufocada em choro, me ajuda.

Seu marido, dona, disse o policial como se tivesse lido seu pensamento, não vem.

Vinte e sete anos de casados, o peso dele afundando a cama de um lado, o suor encardindo os colarinhos. Não é suor, dizia ele, é poeira lá do serviço. Vinte e sete anos de sexo, luz acesa, e carne assada aos domingos. Homem que sentava à mesa para comer e deitava em cima dela para gozar. Tudo com fartura. Um bom marido, Jonas, ciumento, meio bruto, mas bom. E dela.

Jonas botou o fone no gancho e apagou a luz. O nome de Selena subiu por dentro dele como um vômito, esbarrou nos dentes trancados, na boca dura, fez-se insulto, cuspe, soluço. Passou a noite assim, sentado no sofá, de cuecas, chorando no escuro. E falando com Selena, brigando com Selena, sacudindo-a pelos braços, rasgando-lhe a roupa, dando-lhe tapas na cara, fodendo-a como se fode uma prostituta, e implorando, perguntando por que, por que se ele não lhe deixava faltar nada. Chegou a dar tiro, nela, nos dois, a surpreendê-los na cama, a peitá-los na entrada do motel. Passou a noite culpando-os, culpando-se, ferindo-se nas palavras. Sentiu frio, enrolou-se numa toalha do banheiro, os pés continuaram gelados, encolheu os pés sobre o sofá. Aquecido no nicho morno e úmido da toalha abraçou seu próprio corpo, teve pena de si. Por fim, adormeceu.

É bom que durma Jonas, porque sua provação não acabou. Amanhã a foto de Selena sairá no jornal, na página dezessete do jornal que alguém lerá no ônibus, alguém do bairro, e que todos no bairro irão correndo comprar na banca, gulosos da história de Selena, do seu retrato. E antes mesmo que cheguem os repórteres o telefone chamará, tirando-o do limbo quente do sono, e será um amigo, um parente querendo confortá-lo, que ainda estará falando quando a campainha da porta tocar, alertando Jonas para o duro dia que se arma à sua frente. Dia em que, isso ele ainda não sabe, Selena em prantos será atirada pelo noticiário das 12h30 na sua mesa que ninguém pensou em arrumar para o almoço.

Só uma hora, havia dito a amiga, embora a manhã já estivesse clara. Só para relaxar. E Selena, sozinha enfim, esforçava-se para dormir, para livrar-se do peso que a oprimia inteira, esquecer-se de si no corpo estendido. Mas a cama era estreita, o travesseiro hostil, e a luz que entrava pela janela sem cortinas vetava qualquer tentativa de fuga. Continuou deitada, porém, olhos fechados. Pensassem na sala que ela dormia, falassem em voz baixa. Ausente para os outros, sentindo de leve as tábuas do estrado através do colchonete, podia afinal regressar à sua vida, recuperar Daniel, e refazer o percurso daquela noite tentando escapar às suas próprias palavras, tentando impedir que Daniel as ouvisse.

Juntos há vinte e cinco anos. Era isso que estavam comemorando. Um vestido novo, um jantar, e o circo. Assim era Daniel, sempre pronto a se divertir, a comemorar, como um menino. Bodas de prata, a cada ano um presente, uma tarde especial para selar a data do primeiro encontro, para dizer-lhe, uma vez mais, que era dela o seu coração. Sem nunca lhe exigir nada, sobretudo não o fim do seu casamento, e não porque a quisesse casada com outro, ele que solteiro podia acolher uma mulher. Mas porque sabia amá-la como ela era, com Jonas e o seu jeito de querer Jonas, com uma casa que não podiam partilhar, com seus horários apertados, sua necessidade de escamotear os presentes, de inventar histórias para justificar as ausências.

Encontravam-se duas vezes por semana. A princípio só no motel, porque o desejo abrasava, e em qualquer outro lugar temiam ser vistos. Depois, com o tempo, desgastaram-se os temores, parecia tão natural que se amassem. E então um barzinho, uma churrascaria longe do bairro. E um cinema, dançar. Daniel, pensou Selena cobrindo os braços com a colcha, era onde ela remoçava. E mais uma vez o definiu, agora naquilo que seria sua memória, alegre, amoroso, sempre inventando moda. E sentiu seu corpo nas mãos dele, e sentiu os pés dele encostando nos seus debaixo da mesa, das mesas tantas daqueles vinte e cinco anos. E teve vontade de chorar, mas não chorou.

– Foi tudo muito rápido – repetiu o dono do circo ao repórter do tabloide que pelo telefone lhe fazia as mesmas perguntas já feitas anteriormente pelos outros todos. Sentado no *trailer* da administração, sem casaco de alamares, sem botas, era apenas mais um homem de jeans.

– Não houve tempo de tomar qualquer atitude. A segurança estava atenta, mas não deu para salvar o homem. Ninguém podia imaginar...

– Sim, é claro que estavam armados, num circo contamos com muito imprevisto, nunca uma coisa assim, isso nunca aconteceu em circo nenhum, e com toda aquela gente de pé, aos gritos, os seguranças não podiam atirar, imagine acertar alguém...

– Lá vem o senhor insistindo nisso. Não, eu já lhe disse antes e repito. Não há perigo nenhum para os espectadores, nunca houve.

– Como, nem ontem à noite? Ontem à noite, meu amigo, não foi questão de perigo. Foi uma fatalidade, uma loucura, uma coisa que ninguém podia evitar.

Eu podia ter evitado. Mas como é que eu ia imaginar uma coisa dessas, me diz, como? Na sala da amiga, Selena, sentada, embola o lenço nas mãos enquanto junta forças para voltar para casa, para saltar de um táxi diante da porta e tocar a campainha, para esperar que Jonas abra, que por caridade abra. É isso que Selena quer fazer agora, ir para casa, tomar um banho, trocar de roupa. Mudará de ideia depois, mas por enquanto é o que ela quer. E porque ainda não tem coragem, e porque sabe que depois, com Jonas, terá que se controlar, falar de uma outra maneira sobre o que aconteceu, vai repetindo para a amiga uma vez mais aquilo tudo que lhe contou ao chegar, mais pausadamente agora. Que ela estava tão feliz, Daniel mexendo com ela por causa do decote – a mão de Selena sobe, pousa no colo descoberto –, mexendo, que aquilo era um perigo, que não a queria na rua sozinha bonitona daquele jeito, bonitona, tinha dito assim mesmo, e ela, naquela idade, tinha se sentido como se fosse verdade, bonitona, os outros homens todos do restaurante reparando. Tinha sido sempre assim com ele, desde a primeira vez, aquele jeito brincalhão de falar...

No início mesmo da frase, Selena percebe, com súbita culpa, que se referiu a Daniel no passado, como se cedo o estivesse abandonando. Hesita, entre trair-lhe a morte ou tentar mantê-lo vivo falando dele no presente. Mas o passado já venceu. Selena parou por instantes. Olha as mãos, as unhas que tinha feito para a ocasião, agora tão sem sentido, unhas vermelhas numa hora dessas. E revê a própria mão sobre a mesa segurando a de Daniel. Tinham tomado cerveja, é verdade, mais que de costume, mas restaurante é assim mesmo, demora para chegar a comida, a pessoa fica bebendo, Daniel nunca tinha sido de muita bebida. E o que tinha demais beber um pouquinho além da conta, se era uma noite de festa e depois ainda iam ao circo?

Falei aquilo com ele, não foi por mal, não foi. Selena abaixa a cabeça, cobre os olhos com o lenço ainda meio embolado, os olhos secos, como se o lenço pudesse atrair as lágrimas e aliviá-la. Estava lindo o circo, aquela gente toda, a música, o barulho, o cheiro quente das feras. Desde menina que ela não ia, e sempre tinha gostado tanto, sempre tinha tido tanta vontade. Mas Jonas não gosta dessas coisas, você sabe o jeito do Jonas, foi por isso que Daniel quis me levar, pra me agradar, ele sempre fez tudo pra me agradar. Agora, as lágrimas vêm e Selena nem se lembra do lenço.

Sempre fez tudo. Tinha o mágico, circo sem mágico nem parece circo, Daniel ficou imitando, fingindo que tirava os papeizinhos do ingresso de dentro da manga, dizendo para Selena que na bolsa dela tinha um pombo. Daniel ria tanto dos palhaços. Teve cavalos, aquela coisa toda de trapézio. E chegou a hora das feras. Demoraram para armar as grades em volta do picadeiro, dois cachorros amestrados distraíam o público, o bater dos ferros encobria a música. E então estava pronto.

O domador entrou primeiro. Chegou esvoaçando uma capa de cetim, parou no meio do picadeiro, um assistente veio por trás, tirou a capa. No instante em que a capa se abriu, o domador estalou o chicote no ar. Selena teve a impressão de que ele estava nu, só o cinto largo rodeando-lhe os quadris e a tira de couro atravessada no peito. A sunga era quase da mesma cor da pele.

Os leões entraram um de cada vez pelo corredor gradeado. De cabeça baixa, os flancos nervosos, as patas macias avançando cautelosas sobre a serragem. Alguns rosnavam, quase correndo, ávidos, debandando na saída ao estalar do chicote. Eram cinco.

No silêncio da sala, que só sua voz interrompe, Selena ouve outra vez os gritos do domador organizando as feras em seus lugares, estalando o chicote quando elas erguem as garras ameaçadoras. Lembra-se do seu olhar, dela, Selena, acariciando as cicatrizes que marcam as coxas dele abaixo da sunga. Mas isso não conta para a amiga. Para a amiga repete o que Daniel disse para ela, que ia comprar pipocas, e ela ainda falou que não, não fazia questão, logo agora, e ele já se esgueirava entre as pessoas, com licença, e ela como podia adivinhar?, ela voltou a olhar para o picadeiro.

Sim, ela tinha dito antes para ele, mas no mesmo jogo de amor e ficção com que ele a tinha chamado de bonitona no restaurante, ela tinha dito para ele, olhando o domador e vendo como as feras lhe obedeciam a contragosto, ferozes, ela tinha dito, em tom faceiro e desafiador tinha sim, tinha perguntado se por amor a ela ele seria capaz de também enfrentar feras.

Olhava para o domador quando ouviu o primeiro grito. As pessoas na frente dela se levantaram de um salto, gritando, tirando-lhe a visão, todos se levantavam, ela também, mais para ver o que acontecia do que por espanto. E foi assim, por entre ombros e cabeças, que ela viu Daniel já no fim do corredor gradeado e inutilmente gritou gritou enquanto ele avançava no picadeiro.

O tigre

Minha intimidade com o tigre era falsa. Embora fosse meu por direito e papel passado. Não confiei. Temi pela intocabilidade do rosto, importância das duas únicas mãos. E mantive o afago leve de quem está pronto a retirá-lo.

No entanto ele nunca me traiu. Em nenhum momento fingiu uma docilidade que não tinha. Nem quando se aproximava em passos longos quase corridos e eu lhe temia o peso. Nem quando erguia a pata retribuindo e afastando minhas carícias. Nem mesmo quando, afirmando sua posse, me transferiu de uma só bocada para o úmido calor de suas entranhas.

História mais longa para quebrar o ritmo

Chove.

Os primeiros bichos chegam ao celeiro da montanha. E já a água sobe nas planícies e os rios abandonam seus leitos. Mas o celeiro é úmido e quente, madeira podre, cheiro de toca, e os animais se sentem protegidos. Chegam, farejam na porta escura, e logo entram misturando-se a seus pares.

Chove.

Poucos nos primeiros dias, se aquecem uns contra os outros, pelo, pena, couro, escama. Mas a chuva continua e mais bichos chegam, enchendo o celeiro que estala debaixo da tempestade e da pressão.

Ninguém ouve quando o gato come o rato. Na noite seguinte, quando o gato é morto pelo cão, os outros animais, entretidos com a luta do tigre e do elefante, nada percebem. No alarido que acompanha a vitória do tigre, a jiboia fecha suas espirais sobre o coelho, sem que o estalar dos ossos seja notado pelos demais.

Chove.

A água sobe ao redor do celeiro, imenso lago. O ronco do trovão abafa o rosnar da pantera que salta sobre a gazela. Esquivo, o chacal bebe o sangue. Na escuridão do celeiro a coruja abre os olhos fechando a garra sobre o dorso do esquilo, o javali enterra as presas no flanco da raposa, o morcego se espoja na jugular do boi.

Chove. Mas as nuvens se esgarçam no horizonte, e uma luz distante ilumina as águas.

Lá fora o silêncio. Cá dentro balidos, gemidos, rosnados, latidos. Ágil, o macaco escapa da onça. Rápido, o condor se abate sobre ele. O veneno da tarântula mergulha a marmota em sono definitivo, a picada da lacraia paralisa o cavalo, e o escorpião ameaçado pelo tatu volta contra si o próprio ferrão. O chifre do búfalo afunda na maciez do carneiro. A girafa dobra-se ao peso do lince. A garça desfolha-se sob a fúria do lobo. A hiena ri seu longo pranto.

Perdida a violência, a chuva se faz fina e lenta garoa.

E lentamente o urso aperta o tamanduá prenhe de formigas, o rinoceronte esmaga o crocodilo farto de pássaros, a lagartixa engole o grilo devorador de mosquitos. Na palha, o quati não pressente o aproximar-se do falcão, nem vê a cobra que lhe disputa a presa.

Fina e espaçada, a chuva para. Aos poucos a água baixa, o primeiro verde surge na lama. Então a pomba desabrocha súbitas asas em farfalhar de voo, para logo voltar com um raminho no bico, à procura de um lugar entre as telhas, para o ninho. Embaixo, no celeiro, o leão ferido de morte estraçalha as carnes do último adversário.

Onde os oceanos se encontram

Onde todos os oceanos se encontram, aflora uma ilha pequena. Ali, desde sempre, viviam Lânia e Lisíope, ninfas irmãs a serviço do mar. Que, no manso regaço da praia, vinha depositar seus afogados.

Cabia a Lânia, a mais forte, tirá-los da arrebentação. Cabia a Lisíope, a mais delicada, lavá-los com água doce de fonte, envolvê-los nos lençóis de linho que ambas haviam tecido. Cabia a ambas devolvê-los ao mar para sempre.

E, na tarefa que nunca se esgotava, passavam as irmãs seus dias de poucas palavras.

Foi num desses dias que Lânia, vendo um corpo emborcado aproximar-se flutuando, entrou nas ondas para buscá-lo, e agarrando-o pelos cabelos o trouxe até a areia. Já estava quase chamando Lisíope, quando, ao virá-lo de rosto para cima, percebeu ser um homem jovem e lindo. Tão lindo como nunca havia visto antes. Tão lindo, que preferiu ela própria buscar água para lavar aquele sal, ela própria, com seu pente de concha, desembaraçar aqueles cachos.

Porém, ao envolvê-lo no lençol ocultando-lhe corpo e rosto, tão grande foi seu sofrimento que, num susto, descobriu-se enamorada.

Não, ela não devolveria aquele moço, pensou com fúria de decisão. E rápida, antes que Lisíope chegasse, correu para uma língua de pedra que estreita e cortante avançava mar adentro.

– Morte! – chamou em voz alta chegando na ponta. – Morte! Venha me ajudar.

Não demorou muito, e sem ruído a Morte saiu de dentro d'água.

– Morte – disse Lânia em ânsia –, desde sempre aceito tudo o que você me traz, e trabalho sem nada pedir. Mas hoje, em troca de tantos que lhe devolvi, peço que seja generosa, e me dê o único que meu coração escolheu.

Tocada por tamanha paixão, concordou a Morte, instruindo Lânia: na maré vazante deveria colocar o corpo do moço sobre a areia, com a cabeça voltada para o mar. Quando a maré subisse, tocando seus cabelos com a primeira espuma, ele voltaria à vida.

Assim fez Lânia. E assim aconteceu que o moço abriu os olhos e o sorriso.

Mas, em vez de sorrir só para ela que o amava tanto, desde logo sorriu mais para Lisíope, e só para Lisíope parecia ter olhos.

De nada adiantavam as insistências de Lânia, as desculpas com que tentava afastá-lo da irmã. De nada adiantava enfeitar-se, cantar mais alto que as ondas. Quanto mais exigia, menos conseguia. Quanto mais o buscava para si, mais à outra ele pertencia.

Então um dia, antes do amanhecer, ajoelhada sobre a ponta da pedra, Lânia chamou novamente:

– Morte! Morte! Venha me atender.

E, quando a Silenciosa chegou, em pranto e raiva pediu-lhe que atendesse só ao último de seus pedidos. Levasse a irmã. E mais nada quereria.

Seduzida por tamanho ódio, concordou a Morte. E instruiu: deveria deitar a irmã sobre a areia lisa da maré vazante, com os pés voltados para o mar. Quando, subindo a água, o primeiro beijo de sal a aflorasse, Ela a levaria.

E assim foi que Lânia esperou uma noite de luar, quente e perfumada, e chegando perto de Lisíope lhe disse:

– Está tão linda a noite, minha irmã, que preparei tua cama junto à brisa, lá onde a areia da praia é mais fina e mais lisa.

E, conduzindo-a até o lugar onde já havia posto seu travesseiro, ajudou-a a deitar-se, cobriu-a com o linho do lençol.

Em seguida, sorrateira, esgueirou-se até uma árvore que crescia na beira da praia, e subiu até o primeiro galho, escondendo-se entre as folhas. De olhos bem abertos, esperaria para ver cumprir-se a promessa.

Mas a noite era longa, na brisa vinha cheiro de jasmim, o mar apenas murmurava. E aos poucos, agarrada ao tronco, Lânia adormeceu.

Dorme Lânia na árvore, dorme Lisíope perto d'água, quando um raio de luar vem despertar o moço que dorme, quase a chamá-lo lá fora com todo o seu encanto. E ele se levanta e sai. E estonteado de perfumes caminha, vagueia lentamente pela ilha, até chegar à praia, e parar junto a Lisíope. No sono, o rosto dela parece fazer-se ainda mais doce, boca entreaberta num sorriso.

Sem ousar despertá-la, o jovem se deita ao seu lado. Depois, bem devagar, estende a mão, até tocar a mão delicada que emerge do lençol.

Sobe o amor no seu peito. Na noite, a maré sobe.

Já era dia quando Lânia, empoleirada no galho, despertou. Luz nos olhos, procurou na claridade. Viu o travesseiro abandonado. Viu o lençol flutuando ao longe. Da irmã, nenhum vestígio.

– A Morte fez o combinado – pensou, descendo para correr ao encontro do moço.

Mas não correu muito. Diante de seus passos, estampada na areia, deparou-se com a forma de dois corpos deitados lado a lado. A maré já havia apagado os pés, breve chegaria à cintura. Mas na areia molhada a marca das mãos se mantinha unida, como se à espera das ondas que subiam.

A paixão da sua vida

Amava a morte. Mas não era correspondido.

Tomou veneno. Atirou-se de pontes. Aspirou gás. Sempre ela o rejeitava, recusando-lhe o abraço.

Quando finalmente desistiu da paixão entregando-se à vida, a morte, enciumada, estourou-lhe o coração.

Para que ninguém a quisesse

Porque os homens olhavam demais para a sua mulher, mandou que descesse a bainha dos vestidos e parasse de se pintar. Apesar disso, sua beleza chamava a atenção, e ele foi obrigado a exigir que eliminasse os decotes, jogasse fora os sapatos de saltos altos. Dos armários tirou as roupas de seda, das gavetas tirou todas as joias. E vendo que, ainda assim, um ou outro olhar viril se acendia à passagem dela, pegou a tesoura e tosquiou-lhe os longos cabelos.

Agora podia viver descansado. Ninguém a olhava duas vezes, homem nenhum se interessava por ela. Esquiva como um gato, não mais atravessava praças. E evitava sair.

Tão esquiva se fez, que ele foi deixando de ocupar-se dela, permitindo que fluísse em silêncio pelos cômodos, mimetizada com os móveis e as sombras.

Uma fina saudade, porém, começou a alinhavar-se em seus dias. Não saudade da mulher. Mas do desejo inflamado que tivera por ela.

Então lhe trouxe um batom. No outro dia um corte de seda. À noite tirou do bolso uma rosa de cetim para enfeitar-lhe o que restava dos cabelos.

Mas ela tinha desaprendido a gostar dessas coisas, nem pensava mais em lhe agradar. Largou o tecido numa gaveta, esqueceu o batom. E continuou andando pela casa de vestido de chita, enquanto a rosa desbotava sobre a cômoda.

A raposa

Nunca aceitou o leite que eu teimava em lhe dar. Desde o primeiro dia quis carne. Morta, mas às vezes pequenos animais que obtenho com repugnância e jogo no quarto procurando seus olhos que não me entregam a avidez.

Depois, eu sei, atrás da porta fechada ela caça.

Assim é a minha raposa, nunca minha. Pequena, arisca mostrou-me logo os dentes num rosno assoprado, som de desafio que mal passava pela garganta fechada. Gostei da raiva, da selvageria que arqueava o dorso de magras costelas. Pensei que seria bom domesticá-la, fazê-la servil, cão a meus pés, amiga. E a trouxe no colo, feliz por vencer com a força sua resistência.

O leite na tigela. Intato na manhã seguinte, véu sujo salpicado de insetos mortos, cheirando a azedo. Vinco do leite na tigela debaixo da torneira, limpeza, leite fresco, minha insistência prolongando-se na chantagem da fome. E novamente o leite intocado, a sua constância de carnívoro. Até o dia da carne, que não comeu na minha frente, mas da qual não deixou restos.

Fiz tudo para conquistá-la. Só eu lhe dou comida. Só eu entro no quarto onde me recebe esquivando-se a um canto, o dorso tenso, os dentes à mostra. Há anos mantenho a voz igual em chamado monótono que se faça amigo. Há anos me esforço para que me queira.

E um dia aconteceu o bicho vivo. Não sei como me ocorreu, mas depois pareceu-me impossível não ter percebido antes que a caça era a sua necessidade primeira. E resolvi satisfazer o desejo nunca manifesto. Comprei o coelho na loja de animais, escolhido ao acaso na gaiola entre outros que teriam melhor sorte. À culpa pela decisão de um destino misturava-se uma ansiedade nova pelo prazer que lhe daria, pela cumplicidade no sangue do ser vivo, uma ansiedade carnívora.

Fingiu não ver, toda ela presa ao ponto branco refugiado a um canto. E, porque eu me interpunha entre ela e seu momento de instinto, rosnou em ódio.

Fechada a porta atrás de mim, a violência da caçada que intuía me impôs a obtenção de novos animais.

Sei que não dorme à noite. Anda. De uma parede a outra as patas marcam seu tempo, brilham os olhos no escuro que não ouso interromper. E quando para é sempre debaixo da janela.

Vidros abertos, venezianas fechadas, encontro às vezes o vinco de suas unhas na madeira dura, o sinal dos dentes. É por ali que conta fugir.

O quarto nunca varrido acumula seu cheiro. Os pelos mortos suavizam os cantos. Os panos que lhe dou e que estraçalha nos dentes logo se confundem com a palha. Nas paredes, a marca das patas denuncia o esforço de evasão.

À noite, no sono da casa, ela marcha seu cativeiro entre as quatro muralhas. A intervalos ergue-se nas patas traseiras, diante da janela, testa a resistência, fareja o ar que vem de fora. O trinco é forte. Mas sua vontade é maior que a minha e um dia a veneziana cederá sob seu peso ou eu mesma a esquecerei aberta. Imóvel no jardim por um instante juntará então suas lembranças à procura do rumo, sem saber que a cidade cresceu ao redor e que ela nunca mais achará o caminho da floresta.

Bela, das brancas mãos

Era bonita e jovem como um amanhecer. E os homens da aldeia, todos, suspiravam por ela. Os solteiros a olhavam de frente, tentando apoderar-se do seu olhar. Os casados a olhavam de viés, escondendo o brilho dos olhos sob as pálpebras abaixadas. Os velhos e os meninos a olhavam à noite em seus sonhos.

Ela, porém, não olhava ninguém. Cuidava do seu fazer com alegria, cantava, caminhava leve com pés descalços. Pouco conversava com as outras mulheres da aldeia.

Essas também a olhavam. Mas com olhos escuros. Viam a mocinha fazer-se mulher. Viam seus homens cada vez mais atraídos. E viam-se mais feias, porque o espelho era ela.

Depois aconteceu que um moço largasse a junta de bois no meio do campo para segui-la até o rio. Houve a noite em que um marido não voltou para casa, suspirando a noite toda debaixo da sua janela. Dois jovens brigaram a faca e se disse que havia sido por ela. O louco da aldeia enforcou-se e todos só pensaram em um motivo.

À noite, as mulheres reuniram-se enquanto ela dormia. E decidiram seu destino. No escuro ainda, a arrancaram da cama e a expulsaram da aldeia, que nunca mais voltasse. Aos homens, no dia seguinte, disseram que havia partido com um viajante.

E não houve mais bois abandonados no meio do campo, os maridos todos regressaram para suas casas à noite, as brigas passaram a ser por causa da terra. E um dia um homem perdeu a razão e a aldeia voltou a ter o seu louco.

Tudo era tranquilidade. Até o dia em que um dos homens saiu para caçar e não voltou.

Procuraram por ele no bosque, procuraram por ele no rio. E nada encontraram. Só sua arma, debaixo de um arbusto.

Passados muitos meses, quando já ninguém falava no desaparecimento, outro foi cortar lenha. E não voltou.

Dessa vez só procuraram entre as árvores. Encontraram o machado. Mas dele, nem sinal.

Durante muito tempo falou-se no homem que havia sumido. Muitos evitaram ir ao bosque. Depois, aos poucos, o fato foi se afastando na memória da aldeia, e as coisas voltaram a ser como antes.

E como antes um homem foi ao bosque, e como antes desapareceu, e como antes nada dele se encontrou.

Era o terceiro a desaparecer na aldeia. Haveria outro depois. E mais um.

As mulheres choravam com seus negros olhos.

Ninguém mais queria ir ao bosque. Porém, estando por acabar as provisões de suas casas, dois homens decidiram que juntos o perigo seria menor. E saíram para caçar.

Muitas vezes haviam percorrido aquelas trilhas. Mas, por mais que conhecessem todos os ninhos e tocas, naquele dia nenhuma criatura de pelo ou pena cruzou seu caminho. E, procurando, embrenharam-se mais do que pretendiam.

Um deles ia na frente. O outro, o acompanhava. Sem que o primeiro percebesse, o segundo foi ficando para trás e, atraído por um ruído, meteu-se entre as folhagens.

Seu grito não demorou. Correu o primeiro para ajudá-lo. Mas, chegando ao lugar de onde vinham os chamados, viu a metade superior do amigo, que agitava os braços e gritava por socorro, enquanto a outra metade desaparecia na boca de uma enorme serpente.

Pensou em atirar, mas temeu atingir o companheiro ou atiçar a fúria da serpente, que poderia cortá-lo ao meio. Então agarrou-o pelas mãos e, cravando os pés no chão, começou a puxar.

Puxou, puxou, puxou. E aos poucos viu a cintura do amigo sair da verde moldura daquela boca, depois apareceram os quadris, as coxas, as pernas.

Extenuado, deixou-se cair, enquanto o amigo acabava de se libertar.

Mas, ao levantar a cabeça, viu que este, embora fora da serpente, sacudia os pés e lutava tentando soltar-se de alguma coisa mais.

Aproximou-se. Saindo da boca da cobra, duas mãos prendiam-se aos tornozelos do amigo.

Agora eram dois a puxar. Puxava uma mão o primeiro, puxava a outra mão o segundo. E palmo a palmo um terceiro homem foi saindo como o outro havia saído. Era aquele que por último desaparecera da aldeia.

Limpavam-se os dois de suor e poeira, quando viram que o homem também sacudia os pés, presos os tornozelos por duas mãos que despontavam da boca da serpente.

Agora que eram três a puxar, nem parecia necessário fazer tanta força. Mas era. E afinal caíram os três exaustos, e o homem que acabava de sair viu que seus tornozelos estavam presos, e os quatro começaram a puxar.

Cinco homens vieram à luz dessa forma. Na mesma ordem em que ao longo dos meses haviam desaparecido da aldeia. E, quando o quinto saiu, viu que ao redor dos seus tornozelos, como pulseiras de marfim, duas mãos delicadas e brancas se apertavam.

Foram sete a puxar. E surpresos perceberam que, à medida que os pálidos braços saíam da boca escura, encolhia-se, tragada para dentro dela mesma, a cauda da serpente.

Os braços nem haviam surgido inteiros, e já despontava uma cabeça de longa cabeleira, revelava-se um doce rosto de mulher. Nova delicadeza movia os sete homens. Quando a mulher enfim foi liberada, reconheceram a moça da aldeia, que acreditavam ter partido com um viajante. E, estando ela nua, procuraram no chão algo com que cobri-la. Mas no chão não havia nada. Nem mesmo a longa pele da serpente.

Porque era frio nas horas mais ardentes

Foi na estação de águas, ao repousar contra um tronco, que ela conheceu aquele *boa constrictor.* Era discreto, persuasivo e muito sedutor. Logo tornaram-se amantes.

Todas as tardes, quando langor e achaques prendiam os hóspedes em seus quartos, ela ia encontrá-lo no canto mais sombrio do parque. E o mormaço, o beijo bífido, as espirais amorosas que mal lhe permitiam respirar levavam-na a delícias nunca pressentidas.

A hora da partida forçou a constatação: já não podia abrir mão de prazer tão intenso. Enrolado o *boa* numa valise, viajou com ele até sua casa, e o instalou no banheiro. Ali ele poderia fugir para o terraço em caso de perigo, ou esquivar-se atrás da banheira. Ali poderiam se amar livres de riscos, sem observância de tempo, trancada a porta a toda curiosidade.

Nunca antes tomara ela tanto banho. Queixava-se em voz alta de calor, sujeira, cansaço. E, controlando o passo que sentia urgente, entrava no banheiro. O rodar da chave e um breve apelo bastavam para que o *boa* deslizasse em sua direção. Lisa e fria carne a possuía então, coleando nas suas curvas, escorrendo rija sobre a pele. Ardente, ela cravava as unhas na felpa do tapete, enquanto a água do chuveiro aberto encobria silvos e suspiros.

Uma tarde, porém, extemporâneo, entrou o marido no banheiro. E ao som da chave, acreditando tratar-se da amada, o *boa* sôfrego de amor saiu do esconderijo. Depararam-se os dois num mesmo espanto. Rápido, o homem correu ao quarto, apanhou o revólver. Dois estampidos, um filete de sangue. Sobre o branco piso já não farfalham escamas. A morte lentamente suga a força túrgida. Como uma pincelada escura jaz, flácido, o corpo do *boa.*

Uma vítima, um troféu. Que o defensor do lar recolheu e enviou a um especialista, a fim de que, tirado e curtido o couro, dele se fizessem sapatinhos de salto alto e um belo cinto para sua mulher.

Em ocasiões de gala pede-lhe, orgulhoso, que os use. Não sabe que ao rodear a cintura com a pele escamada ela suspira enamorada. E, apertando bem a fivela, está mais uma vez presa no sufocante amplexo do seu amante.

Na lua cheia talvez

– Pena o senhor vir hoje, não tem quase nada mais. O melhor já foi, levaram. Tivesse vindo antes...

Simples mas arrumada, o cabelo preso, bem preso, a roupa bem limpa, as mãos bem seguras uma na outra, a mulher que havia nos recebido à porta hesitava, marcando com as palavras a inutilidade da nossa presença, enquanto o corpo se esgueirava para o lado convidando-nos a entrar.

Por trás dela, bem junto, segurando-a pela cintura como se a um anteparo, um homem jovem, cabeça encolhida entre os ombros.

– Mentira – disse o homem jovem. Não era uma acusação. Não havia raiva na voz. Pontuava a frase, apenas. A mulher pareceu nem ouvir.

Tínhamos ido à casa dela por causa de uns móveis para vender. Assim nos haviam aconselhado na praça. Que eram móveis bons, antigos, que valia a pena. A mulher queria se desfazer. E agora, já dentro de casa, avançando alguns passos, ela nos dizia que não havia móvel nenhum, só uma mesa. Que não era boa.

– Tinha a sala de jantar completa. *Étagère*, cristaleira. Coisa fina, de família.

– Mentira.

O jovem escondeu-se ainda mais por trás da mulher.

A sala, penumbrosa. A porta aberta para um corredor. E o desconforto da situação que – já sabíamos – não levaria a nada, mas da qual ainda não conseguíamos nos extrair.

– Tinha muita coisa mesmo. Moldura dourada, poltronas douradas, o espelho grande.

– Mentira.

Parecia difícil imaginar algo dourado naquela casa lavada por tempo e descaso. Quem se olharia no espelho? Separando as mãos em gestos breves que indicavam o caminho, a mulher conduziu-nos pelo corredor até outra sala. O jovem veio junto. Sobre o assoalho de tábuas uma talhada de luz. As paredes nuas, sem marcas. Móvel algum.

– Sobrou a cama, o senhor quer ver?

Alheio por um instante, acompanhando com o pé a mancha exata da luz, o jovem perdeu o refrão.

Já não queríamos ver cama nenhuma. Mas parecia rude dizê-lo, agora que havíamos penetrado na casa, invadindo com nossa ganância de turistas essa ausência de tudo.

A mulher foi na frente, abriu uma porta, a única fechada até então. O quarto era pequeno e escuro. Sem janelas. Um basculante, no alto, fosqueado de poeira. E um cheiro de mato. Folhas e ervas amontoadas cobriam o chão, engoliam a base das paredes. Mais que um quarto parecia um ninho seco. No meio, com as pernas surgindo duras como as de uma ave daquele entrelaçar, a cama. Nua, sem colchão. Cama que também não íamos querer, que não era bem o que procurávamos, dissemos tentando ser gentis.

– Melhor assim – respondeu a mulher, sem lástima. Parecia quase aliviada que nada quiséssemos. – Fica para ela – acrescentou.

Juntou as mãos novamente. Parada, olhava a sombra do quarto, os cantos arredondados pelas folhas.

– Uma noite, ela vem. Gosta de mato. Eu sei. Serpenteia nas folhas, se enovela, gosta do calor. Foi por isso que botei isso aí, para ela querer ficar.

– Mentira – disse o rapaz por trás dela, e quase não se ouviu porque tinha escondido o rosto entre a nuca e o ombro da mulher. Ela deslizou para trás o braço esquerdo, protegendo-o.

– Pena o senhor ter vindo hoje, quarto minguante, não vai dar para ver, não aparece de jeito nenhum.

– Mentira.

Com a suavidade de um gesto consueto a mulher desprendeu o rapaz. Saímos, ela fechou a porta. No alto o basculante continuava aberto.

Passamos pela cozinha fria, sem cheiro de comida, acreditando estar no caminho da saída. Ela parou, apontou um ponto no quintal, para nós impreciso.

– Ali – disse como se houvesse algum marco. – É ali o lugar dela.

Manteve a mão erguida por instantes, firme. Nada diferenciava o ponto indicado. Nada se destacava em meio àquele resto de horta. Girassóis pendiam quase secos entre canteiros, mato e alguns magros tomateiros partilhavam o espaço azulado pelas couves.

– Minha linda serpente. – Algo próximo de um sorriso suavizou o rosto da mulher. – Vem por causa da flor, por causa do perfume da flor quando está aberta. Eu já sei, fico esperando por ela.

Voltou-se para nós.

– Tinha muito móvel aqui em casa, sofá de palhinha, aparador. Tudo antigo. Tudo bom. Foi pena vocês terem vindo hoje, que nem quarto crescente é. Tudo já se foi. O senhor ia gostar do aparador – fez uma pausa, pareceu sorrir de leve. – A semente da flor ganhei. Sei lá quem deu. Plantei debaixo do cajueiro, esqueci dela, sementinha boba de nada.

– Mentira – veio a voz abafada entre o corpo dela e a porta.

– Plantei e esqueci, pra que ia lembrar? Aí deu lua cheia. Foi a lua aparecer, e eu senti aquele cheiro, aquele perfume todo. Entrava dentro de casa feito água, pelas janelas, pelas frestas, o perfume, o perfume tão forte que tonteava. Saí procurando, entrei pelo mato. E vi a flor. O luar clareando tudo. A flor linda demais, clara que nem a lua. Quase pisei na serpente.

– Mentira.

– Levei aquele susto. Mal deu para ver. Mas ela tinha pernas. Fugiu.

– Mentira.

Esboçamos um movimento, virando corpo e cabeça, entendesse que queríamos ir embora, sem obrigar-nos a dizê-lo. Não havia saída pelo quintal. A mulher nos conduziu de volta através da cozinha, através do corredor, da sala, varando o longo vazio daquela casa.

– O senhor ia gostar dos espelhos. Na flor seguinte, da outra lua, vi de novo. E depois, sempre. Toda lua, toda flor, ela está lá. Sai de dentro dela. De dentro da flor, quero dizer. Só pode ser. Ou então vem por causa do perfume, chega perto que nem eu. Mas tem pernas, isso tem, que já vi. E brilho de ouro.

– Mentira.

Paramos ainda por um instante na varanda bem varrida, as tábuas de madeira suave veludo de tantas mínimas farpas.

– O senhor precisa voltar. Mas na lua cheia. Ficam todos aqui em casa até de noite, para ver ela. E a mesa, tem certeza que não vai levar?

– Hoje não, a senhora mesma disse, o dia não está bom. Na lua cheia talvez...

– Mentira.

No aconchego da grande mãe

Durante quarenta anos gerou filhos que, ampla e generosa, continuava a abrigar no ventre passado o tempo da gestação. Por que atirá-los no mundo se, mãe, a todos podia conter e alimentar?

Achando porém necessário dar-lhes boa educação, fez quatro vezes o serviço militar para atender às necessidades cívicas dos seus filhos homens, e completou oito cursos de corte e costura para garantir o futuro de suas filhas mulheres.

Já estava quase chegando à velhice, quando a doçura de netos começou a lhe parecer mais desejável do que tudo. Não resistindo, deitou-se enfim no centro da cama e, abertas as poderosas coxas, começou o esforço. Em vão suou lençóis e fronhas, em vão inchou as veias do pescoço. Passadas horas, passados dias em que sem descanso lutava para expelir, compreendeu: por amor e segurança seus filhos se recusavam a deixá-la. Nunca seria avó.

Então a tristeza abateu-se sobre ela. Emagreceram as pernas, emagreceram os braços. Só a barriga não emagreceu, vagando imensa pela casa. Mas a pele se fez cada vez mais fina, e em certas horas da manhã, quando a luz bate clara e penetrante sobre o ventre de opalina, já se podem ver os rapazes garbosos na ordem unida, e as moças que cosem infindáveis camisolas.

Não há nada no bosque

Breve seria noite. Mas ainda era doce atardar-se do lado de fora da casa, deixar-se ficar na última luz. O ar até então morno desembainhou suas primeiras lâminas. O capim alto e queimado pelo verão ondulou leve. A mulher cruzou os braços sobre o peito. O homem, sentado no degrau da entrada, recostou-se contra a porta. Não falavam. Foi então que o cachorro latiu.

Voltou a cabeça para o pequeno bosque de abetos, orelhas erguidas, e latiu.

Não há nada ali, seu bobo, venha cá!, ordenou o homem desejando que o cão se calasse e fosse restabelecida a quietude anterior. Inclinou-se para a frente, estalou os dedos. O cão não se moveu.

Vai ver, tem alguma coisa no bosque, disse a mulher. E ele sabia que havendo suspeita de alguma coisa no bosque caberia a ele ir verificar.

Não tem nada, o que você quer que tenha?, respondeu sabendo que se o cão latisse novamente não lhe restaria alternativa senão levantar-se e caminhar até a mancha azulada dos abetos. O cão latiu.

A mulher agora olhava firme em direção ao bosque.

O homem levantou-se, avançou até onde estava o cão, chamou-o enquanto continuava andando. O cão não o seguiu. Praga de cachorro!, murmurou o homem. E foi.

O bosque estava mais escuro do que tinha pensado. Ali a noite havia-se antecipado, deslizando enevoada entre os troncos. O homem esfregou os braços com as mãos para combater o frio, aspirou fundo o perfume de resina. Andou um pouco a esmo, à procura nem sabia de quê. Eu devia vir mais aqui, pensou sentindo debaixo da sola o chão escorregadio e liso, coberto de agulhas. Um galho estalou, alguma coisa volteou no ar. O homem pensou vagamente que seria bom deitar-se naquelas sombras, que faria isso algum dia. E saiu do bosque. Estava a meio caminho quando o cão latiu outra vez.

A partir daquela tarde foi como se um marco houvesse sido plantado em algum lugar entre os troncos. Um marco de perigo que mantinha alerta os sentidos do cão.

Latia. Trotava diante da casa, de um lado a outro, como se defendendo a porta. Avançava súbito, saltava para trás, depois deitava-se quase encoberto pelo capim, o focinho entre as patas, os olhos atentos. E rosnava.

De nada adiantaram as admoestações, as ordens. O homem quis prendê-lo na coleira. O cão debateu-se tentando soltar-se com os dentes, puxando, até abrir chagas no pescoço, obrigando o homem a libertá-lo. Parecia à mulher que o melhor era mantê-lo dentro de casa, chamava, batia com o prato de comida, seduzia-o. Mas por pouco tempo. O animal raspava a porta com as patas, cainhava metendo o focinho na fresta, e a mulher penalizada cedia.

O que tem esse bicho?, perguntavam-se impacientes. Várias vezes o homem voltou ao pequeno bosque. A mulher chegou a ir com ele. Vasculharam. Nada. Perigo nenhum que se visse.

O cão, inquieto. Mal comia. O olhar sempre pronto a abandonar o que quer que estivesse olhando, para voltar-se naquela direção, na direção da mancha azulada, da suave rigidez dos abetos.

Começou a latir também à noite, quando certamente não podia ver. Mas os sentidos do cão, pensaram os donos. E o sono tornou-se difícil. A inquietação do animal pesava sobre a casa. A ameaça rondava, uma ameaça que eles não podiam ver, mas que se corporificava no focinho tenso do cão, nas orelhas erguidas capazes de captar mensagens que a eles, os ameaçados, escapavam.

Talvez fosse melhor cortar as árvores, sugeriu um dia o marido no café da manhã, com a cabeça baixa e a boca quase metida na xícara. Havia pensado nisso durante a noite, insone. Apesar do tom, era mais que uma sugestão.

As árvores!?, exclamou a mulher, defensiva, como se ele tivesse lhe dito para cortar os cabelos. São tão bonitas nossas árvores.

Pronto, já haviam virado *nossas* árvores. Agora seria mais difícil convencê-la. Esforçou-se para ser paciente, que os abetos estavam ficando velhos, alguns já se entortavam, breve um ou outro desabaria, era um perigo, o pequeno bosque não seria mais o mesmo ainda que o deixassem como estava. E depois, a vista. Encobriam a vista. Seria bom ter o horizonte livre. Sobretudo – e o homem sabia que esse era o argumento definitivo –, é arriscado um bosque hoje em dia. Pode abrigar qualquer coisa.

Vieram os homens. O ruído das serras mecânicas sobrepujou qualquer outro durante dias. O ar encheu-se de pó dourado, o cheiro de resina ardia nas narinas. Havia uma quase alegria nesse ir e vir de operários e máquinas, apesar da melancolia com que a mulher olhava às vezes, encostada no umbral, enquanto o terreno era despido de seus cabelos azuis. Depois, tudo voltou ao normal.

Começava o outono. Nos fundos da casa empilhava-se a lenha com que alimentariam a lareira. Lentamente atenuava-se o cheiro de resina. Agora, da janela – o frio não permitia que se atardassem lá fora –, olhavam o entardecer, viam o sol já mais pálido descendo por trás do horizonte livre. Era um belo espetáculo, embora a sensação de desamparo que os tomava por estarem assim no descampado.

Uma tarde, a primeira em que acenderam a lareira inaugurando as novas reservas, o cão deitado sobre o tapete sobressaltou-se de repente. Ergueu a cabeça. Foi até a porta. Farejou de um lado e outro. Quer sair, disse a mulher. O homem levantou-se, abriu a porta. O cão saiu de um salto. Cuidado com o frio, advertiu a mulher sentindo a lufada. O homem ainda viu o cão, orelhas erguidas, olhando para a campina que se inclinava ao vento, na exata direção onde antes havia estado o bosque. Fechou a porta contendo-a com a mão espalmada. E então ouviu o cachorro latir.

Uma vida ao lado

Fina, a parede. E, além dela, a vida do vizinho.

Irritante a princípio. Ruídos, pancadas, tosse, tudo interferindo, infiltrando-se. Depois, aos poucos, familiar.

Sabia-lhe o banho, as refeições, as horas de repouso. A cada gesto, um som. E no som, recriado, o via mover-se em geometrias idênticas às suas. A sala, o quarto, o corredor.

Cada vez mais ligava-se ao vizinho, absorvendo seus hábitos. Ouvia bater de louças e se apressava à cozinha, vinham vozes moduladas e ligava a televisão. À noite só conseguia dormir depois do baque dos sapatos do outro, o ranger da cama assinalando que se metera entre lençóis.

Perdia-o, porém, quando saía porta afora. Passos, tinir de chaves, lá se ia o vizinho. Sem ele, vazios a sala e o quarto, a parede emudecia, separando silêncios.

Voltava ao fim do dia, pontual. Passos, tinir de chaves. Ele então acendia a luz ao estalar do interruptor do outro, e juntos punham a casa em andamento.

Tentava, às vezes, seguir-lhe as andanças. Espiava pelo olho mágico estudando a paciência com que esperava o elevador, postava-se à janela para ver que direção tomava, em que ônibus subia.

E, justamente numa tarde em que espreitava, viu o outro atravessar em má hora a rua movimentada, hesitar, correr e ser atropelado por um furgão.

Percebeu que precisava trabalhar rápido. Sem hesitar, arrancou as portas dos armários, as cortinas, pegou a caixa de ferramentas, e começou a serrar, lixar, bater, colar.

Tudo estava pronto quando ouviu o caixão do outro chegar para o velório. Sobre a mesa da sala, na exata posição em que o do vizinho deveria estar, colocou seu próprio caixão. Depois abriu a porta de par em par e, vestido no terno azul-marinho, deitou-se cruzando as mãos sobre o peito.

Ainda teve tempo de pensar que tinha esquecido de engraxar os sapatos. E já os primeiros visitantes começavam a chegar, entrando com a mesma tristeza nos dois apartamentos, para prantear defuntos tão iguais.

Um cantar de mar e vento

Desfraldava a vela com os mesmos gestos amplos com que outras abrem a toalha sobre a mesa ou o lençol na cama. Vela branca com uma branca lua bordada. E assim que escurecia fazia-se ao largo.

Não levava redes, não levava anzol no barco pequeno. Cestos somente, grandes. E em silêncio, escuro adentro, navegava até chegar onde o mar é fundo como a noite.

Ali, recolhida a vela, ondulando suavemente à deriva, punha-se a cantar.

Cantava baixinho, a moça pescadora, mas logo, trazidos pelas malhas invisíveis da sua voz, os peixes começavam a saltar fora d'água pulando para dentro do barco, luzidias estrelas que iam se perder no colo da pescadora, escorrendo entre as pregas da sua saia e iluminando por rápidos instantes o fundo úmido do barco.

Durante a noite toda a moça cantava. Seu primeiro silêncio despertava o sol. Era hora de voltar, vela enfunada.

Sempre, ao chegar ao pequeno porto da aldeia, sua pescaria revelava-se maior que a dos outros barcos. Desembarcava cestos cheios, transbordantes, mesmo quando os demais não precisavam sequer desembarcar seus cestos vazios. O mar nunca era avaro para ela. Avaros faziam-se, porém, os olhares dos outros pescadores.

Estando ao largo, numa noite como as outras em que, de tão farto o barco, ela colhia um ou outro peixe do fundo e o devolvia ao mar, um brilho diferente surpreendeu seu olhar. Entre tanta prata de escama, um súbito cintilar de ouro. Tateando entre os corpos luzidios buscou o peixe que acabara de cair no seu regaço e, não sem espanto, viu que trazia um anel na boca.

Um anel cinzelado em que ramos de flores retinham uma pedra verde. Um precioso anel que a ninguém podia devolver. E um pouco largo para a sua mão delicada, onde só coube no dedo médio.

Aquela manhã, ao chegar no porto, a moça trazia mais do que apenas cestos cheios. Em toda a aldeia, o único brilho de ouro era seu. E um outro brilho, escuro, acendeu-se nos olhos dos pescadores.

Mas, sem percebê-lo, ela continuou desfraldando sua vela ao anoitecer e recolhendo-a de manhã, vivendo mais alegre no mar do que na terra, tendo as estrelas como guia e sua voz como companheira.

Até que, depois de algum tempo, em outra noite igual a todas as que haviam passado, novamente um toque de ouro coruscou colhendo sua atenção, e, quando ela pegou o peixe que por último havia saltado no seu regaço, viu, menos surpresa dessa vez, que trazia uma chave na boca.

Uma chave toda trabalhada. Uma rica chave de ouro sem dono ou fechadura. Que a moça, desatando a fita que lhe prendia o cabelo, pendurou no pescoço.

Mais ainda que o anel, a chave pendente como um colar feriu o olhar dos outros pescadores. A inveja os unia. Murmurantes e oblíquos, maldizendo o mar que só à moça entregava seus tesouros, decidiram entregá-la ao mar, que a guardasse sem nunca mais devolver. Serraram o mastro do seu barco o quanto bastava para levá-la ao largo e partir-se com os ventos do amanhecer. E pela primeira vez sorriram vendo no escuro porto a vela branca que se abria.

Como se obedecesse ordens, o barco navegou até o largo e, quando a pescadora içou a vela para colher os ventos da manhã, partiu-se num estalo. Sem mastro, não havia meio de voltar.

Ela poderia ter chorado, e não chorou. Sentou-se pensando que a vela que sempre lhe havia garantido a vida agora lhe serviria de mortalha. Mas de repente sentiu tantas leves, levíssimas, batidas contra o casco, e percebeu atônita que navegava em direção à terra. Olhando na água, debruçada sobre a borda, compreendeu. Peixes pequenos e grandes, muitos peixes, a empurravam.

Nenhuma alegria a recebeu na aldeia. O desapontamento reforçou o desejo dos pescadores. E, antes mesmo que o mastro tivesse sido trocado, aproveitaram-se de um momento em que ninguém estava junto ao barco, furaram seu casco em vários pontos, e cuidadosamente taparam os furos com miolo de pão amassado com serragem. Dessa vez, sequer sorriram quando a vela fez-se ao largo. E ao largo ainda não havia chegado, quando o miolo de pão, amolecido, desfez-se deixando entrar a água aos borbotões.

A moça bem poderia ter gritado, tamanho o susto. Não gritou. Tentava em vão tapar um ou outro furo com a saia ou o chale, quando percebeu que a água já não entrava aos borbotões, já não entrava de todo. Tateando, compreendeu. Peixes haviam-se metido nos furos, tapando-os com o próprio corpo.

Dessa vez, não havia ninguém no porto quando a moça chegou, porque era noite. Mas, na manhã seguinte, mais enraivecidos ainda ficaram os pescadores vendo que, contra todos eles, o mar teimava em favorecê-la. Quando dias depois, consertado o casco, ela se fez ao mar, o leme havia sido trabalhado para desprender-se e afundar.

Percebeu-o a pescadora vendo-o desaparecer no azul, quando estava em altíssimo mar e já não adiantava perceber. Sem leme, seria levada pelas correntes, atirada contra os arrecifes ou devorada pelo sol.

Vontade de chorar não lhe faltou. Mas, antes que tivesse tido tempo de fazê-lo, um golfinho aflorou e mergulhou ao lado do barco, depois à frente, do outro lado e novamente à frente. Rápida, enquanto o golfinho continuava aflorando e mergulhando ao seu redor, ela atou um cabo à proa, atirou-o na água. E logo o golfinho colheu o cabo na boca e começou a rebocar.

Navegaram a noite inteira, ela em silêncio para não aumentar o peso do barco, o golfinho à frente cintilante entre mar e luz de lua. A manhã ainda não havia chegado, quando ela viu ao longe, escura sobre o escuro, recortar-se a silhueta de uma ilha. Não era para o porto da aldeia que avançavam.

Era para uma praia pequena. Em que o barco, enfim abandonado pelo golfinho e seguindo seu impulso, suavemente encalhou.

Areia lisa e clara, sem marcas. Uma escadaria de pedra que se escondia ao alto entre flores. Jardins ao redor, floresta. E, mais que o empalidecer do céu, o canto dos pássaros anunciando o reinado do dia.

A moça prendeu na cintura a barra da saia, e saltou. Pés n'água, empurrou o barco areia acima, atou o cabo firmemente num rochedo. Só depois de garantir seu único bem, caminhou até a escadaria, começou a subir.

Quantos degraus! Distraía-se olhando o jardim, parava para debruçar-se sobre o perfume das flores. E ei-la chegar ao alto, à beira de um gramado que se estendia até o pequeno palácio – ou grande vila – diante de cuja porta fechada parou.

Chamou, primeiro baixinho. Depois mais alto. Alguns pássaros esvoejaram. A voz dela perdeu-se entre as árvores. Ninguém atendeu. Bateu com a pesada aldrava de bronze. Ouviu as pancadas ecoando lá dentro. O eco abafado foi a única resposta.

Já ia afastar-se, quando alguma coisa na grande fechadura dourada chamou sua atenção. Olhou com cuidado, tentando lembrar-se de onde havia visto desenho semelhante. E num súbito lampejo reconheceu o mesmo delicado trabalho da chave que trazia ao pescoço.

Solta a fita, a chave de ouro rodou suave na fechadura. Sem um estalo sequer, a porta abriu-se. E, metendo antes a cabeça para ver se algum perigo a espreitava lá dentro, a pescadora descalça avançou lentamente sobre o mármore.

Enorme vestíbulo, colunas, arcos e, por trás de reposteiros de veludo, as altas janelas por onde entrava a luz ainda verde da manhã. Onde estariam as gentes dessa casa? Poeira fina sobre os móveis e os pisos, sem pegadas, sem marcas de mãos. Tudo arrumado, porém. E estanque no silêncio.

Atravessou o vestíbulo, entrou num salão, sobressaltou-se com seu reflexo nos espelhos. As velas nos castiçais estavam gastas e ninguém as havia substituído. Entrou em outra sala, escura, com os reposteiros abaixados, quase tropeçou numa cadeira, distinguiu um piano. Havia luz além da porta. Caminhou cuidadosa até lá. E então, da soleira, antes mesmo de olhar o resto da sala, ela o viu.

Era o retrato grande de um homem esbelto e jovem, um homem moreno. Ali estava, de pé contra a parede, vívido como se ela o visse chegar por algum corredor. E sua presença pareceu-lhe subitamente ocupar não apenas aquela sala, mas as outras salas por onde havia passado e todas as salas e cômodos que intuía naquela casa, todo mínimo recanto, expandindo-se nos jardins e descendo pela escadaria. E aproximando-se percebeu aquilo que seu coração estava de alguma forma tentando lhe dizer, que na mão esquerda do homem brilhava entre ramos de ouro a pedra verde de um anel, o mesmo anel que ela sentia, pesado e um pouco largo, rodeando seu dedo médio.

Naquele dia, sequer pensou em partir. Deixou-se ficar longamente na sala, diante do retrato. Depois vagueou pela casa, atravessou a sombra da magnólia no pátio interno, procurou seu próprio rosto na superfície escura do laguinho, e subiu degraus, desceu degraus, foi às cozinhas, assombrou-se com as enormes pias enxutas, as centenas de pratos empilhados nos armários. Comida não havia, nem cheiro dela. Há muito nenhuma lenha ardia naquele fogão. Mas a figueira fora da porta estava carregada, os figos rachados escorriam mel, e ela fartou-se, bebendo depois água nas mãos em concha. Não ousou servir-se de uma das taças.

Estava cansada, afinal. O dia logo acabaria. E, tendo entrado em um dos quartos, deitou-se na cama, e adormeceu.

Sonhou com o moço do quadro. Fora da moldura, sentado diante dela, mas com aquela mesma camisa branca que usava na tela, aquele mesmo olhar sedoso, e uma voz, uma voz que era como um murmúrio de mar, e lhe dizia coisas que ela não conseguia compreender mas via desenhar-se nos lábios rosados.

Acordou no dia seguinte. Não havia ninguém sentado diante dela. Foi até a sala cheia de livros. O moço continuava de pé, contido pela moldura dourada. Mas seu olhar pareceu-lhe aceso como o havia visto em seu sonho, e olhando os lábios lembrou-se de como se moviam e desejou, desejou muito, saber o que haviam dito.

Novamente gastou quase todo o dia caminhando pela casa, embora tendo se demorado tanto na sala do retrato. E quando a hora da fome chegou, escolheu um prato de porcelana, um delicado cálice de cristal, e sentada sozinha na grande mesa de mármore negro comeu as uvas ainda mornas de sol que havia colhido na parreira, bebeu a água fresca que havia ido buscar na nascente.

À noite, deitada na cama, debaixo do dossel, sonhou que o moço entrava no quarto com o mesmo passo anunciado no retrato, e que sentado a seu lado lhe dizia coisas que ela ainda não entendia, mas que acariciavam, com quanta suavidade, seu coração.

Não havia ninguém ao seu lado quando acordou. Mas na sala, olhando o jovem da tela, percebeu que agora sabia como ele caminhava. E seu passo a acompanhou quando passeou nos jardins, quando parou diante dos espelhos do salão esperando vê-lo junto de si.

Naquele dia pensou que deveria consertar o barco e partir. Mas pareceu-lhe que poderia ocupar-se disso no dia seguinte, depois que tivesse sonhado mais uma noite com o moço, depois que tivesse entendido o que ele tinha para lhe dizer. E comeu romãs, coroando seu prato de rubis, e em vez de água bebeu vinho da adega, tingindo sua taça de sangue.

Assim, dia após dia, a pescadora adiava sua partida, alimentando-se das frutas que encontrava no jardim, dos ovos que colhia nos ninhos. E a cada dia mais intensamente desejava a chegada da noite, quando então receberia em seu sonho e seu quarto o jovem do quadro, e deixaria que as palavras indecifradas penetrassem seu peito, incendiando-lhe o coração.

O barco não havia sido consertado, e o verão chegava ao fim. As frutas escasseavam.

Breve, não houve mais nenhuma no jardim que começava a amarelar. Foi preciso recorrer aos cogumelos e procurar os raros ovos nos penhascos junto ao mar. Do alto, ela olhava para o barco ainda atado ao rochedo.

Agora, pelas janelas atrás dos reposteiros, o vento queixava-se. A casa fazia-se fria. Mas à noite ela sonhava com o jovem senhor daquelas salas envolto em um casaco de peles, que lhe abria os braços e a acolhia. E ela se sentia aquecida como nunca havia estado.

Sabia, ainda assim, que era preciso consertar o barco. No feroz mar do inverno jamais conseguiria alcançar o porto da sua aldeia. E, quando o dia chegou em que não houve nada para colocar no prato de porcelana, nem razão nenhuma para sentar-se à mesa de mármore, o barco na praia já tinha um leme.

A moça pescadora percorreu as salas pela última vez. Todas, menos a do retrato. Fechou a grande porta de entrada, colocou a chave ao pescoço. E desceu a escadaria.

Sem se dar ao trabalho de recolher a barra da saia, empurrou o barco para dentro da água, saltou a bordo. De pé, no casco que ondeava nervoso sobre o mar encapelado, desfraldou a vela branca com sua branca lua bordada. Lentamente afastou-se da ilha.

E logo fez-se noite. Noite debaixo das nuvens negras, noite sobre o negro mar. Raros relâmpagos. E a gelada alfange do vento cortando o ar e a carne, ferindo o casco que o leme a custo continha, borrifando de água, encharcando de sal. Tão frio estava, que para aquecer-se a pescadora começou a cantar. Fio de voz na tempestade, que a ninguém chegaria. Mas, como se ouvisse o eco da sua própria voz, uma canção pareceu chegar-lhe no vento. Olhou em volta, debruçou-se sobre o mar. E na água escura como os seus sonhos o viu, homem do quadro e da noite, que lhe abria os braços e o casaco de espuma. Mergulhou a mão estendendo-a para ele. Sentiu que o anel escorria do dedo para o fundo. Então ela própria deixou-se deslizar para aqueles braços, enquanto o vento encobria as palavras que ele lhe dizia, as palavras todas que pela primeira vez ela conseguia entender.

Meiose

Começou fingindo que não era tão só. Voltava do escritório, preparava o jantar, botava a mesa com capricho, deixava tudo pronto, e tornava a sair. Descia no elevador, às vezes ia até a esquina comprar alguma coisa para acrescentar ao jantar, subia, e com ligeiro sorriso punha a chave na porta, certo de que alguém havia preparado tudo para ele.

Viver tornou-se mais leve.

Um dia botou velas na mesa. No dia seguinte, descendo até a esquina, comprou flores.

Faltava porém o segundo lugar à mesa.

Na segunda-feira, saindo do escritório, entrou numa butique e comprou um vestido azul-claro, discreto. Foi com ele e sandálias de salto baixo que preparou o jantar. Percebeu que precisaria de um avental.

A presença feminina evidenciava-se na casa. Botando a chave na porta vindo da esquina era recebido por bilhetes carinhosos, meu bem o jantar está no forno é só esquentar, ou delicadamente maternais, cuidado para não manchar a toalha de vinho. E à noite despindo-se pendurava suas roupas junto às dela.

Não se encontravam, porém.

E a necessidade da presença fazia-se insuportável.

Na segunda-feira saiu mais cedo do escritório. Comprou longas luvas brancas, um vestido de cetim e brincos de pena de pavão. Trabalhou a noite inteira, cortando, costurando. Ao anoitecer tudo estava pronto. Saiu, comprou champanha, uma orquídea. E voltou.

Na meia-luz encheu as taças. A mão enluvada esbarrou na sua, retraiu-se, deixou-se prender. Baixou o som da vitrola. A mão branca acariciou-lhe o rosto, desceu procurando a nuca. A pena de pavão roçou-lhe a face, brindaram. O perfume era fundo. Dançaram levemente, maneira delicada de conduzi-la ao quarto. E o grande espelho do armário refletiu o homem de *smoking* e a mulher de longo abraçados com volúpia.

De manhã viu no chão o meio *smoking* costurado com a metade do vestido de cetim. Recolheu a luva. E, apertando na mão os dedos vazios, soube que a tinha para sempre.

Sem asas, porém

Dura aldeia era aquela em que às mulheres não era permitido comer carne de aves – não fossem as asas subir-lhes ao pensamento. Dura aldeia era aquela em que, apesar da proibição, voltando da caça ao final da tarde e sem nada mais ter conseguido abater, o marido entregou à mulher uma ave, para que a depenasse e a cozesse e fosse alimento de ambos.

E assim a mulher fez, metendo os dedos por entre as penas ainda brilhantes, arrancando-as aos punhados, e entregando à água e ao fogo aquele corpo agora morto, que a fogo e água nunca havia pertencido, mas sim ao ar e à terra.

Tivesse olhado para o alto por um minuto, tivesse detido por um instante sua tarefa e levantado o olhar, e teria visto pela janela bandos daquelas mesmas aves migrando rumo ao Leste. Mas a mulher só olhava para as coisas quando precisava olhá-las. E não precisando olhar o céu não ergueu a cabeça.

Cozida a carne da ave, regalou-se engolindo os bocados sem quase mastigar, firmou os dentes nos ossos, sugou o tutano. O marido não. Repugnou-lhe a carne tão escura. Limitou-se a molhar o pão no caldo, maldizendo sua pouca sorte de caçador.

Passados dias, a mulher nem mais se lembrava do seu raro banquete. Outras carnes assavam e eram ensopadas na cozinha daquela casa, na cozinha que era quase toda a casa.

Mas uma inquietação nova lhe despontava no coração. Interrompia seus afazeres de repente, como nunca havia feito. Paradas breves, quase nada. Um suspender do queixo, um vibrar de pestanas. Um alerta. Resposta do corpo a algum chamado que ela sequer ouvia. A agulha ficava parada no ar, a colher suspensa sobre a panela, as mãos metidas na tina. E a cabeça, cabeça que agora se movia com a delicadeza que só um pescoço mais longo poderia lhe dar, espetava o ar.

A mulher olhava então para aquilo de que não precisava. E olhava como se precisasse.

Só por instantes, a princípio. Em seguida, um pouco mais.

Demorando-se, olhou primeiro adiante. Adiante de si. E adiante daquilo que tinha diante de si. Por uns tempos pousando o olhar nos móveis, nos poucos móveis daquela casa e nos objetos que houvesse em cima deles. Depois varando-os, varando as paredes, olhou para a distância em linha reta. O que via não dizia. Olhava, sacudia num gesto suave a cabeça. E tornava a abaixá-la. A agulha descia, a colher mergulhava na panela, as mãos afundavam da tina.

Talvez levada por aquele breve sacudir de cabeça, começou a olhar para os lados. Olhava para o lado esquerdo, demorava-se, imóvel. E, súbita, voltava-se para o lado direito.

Ninguém lhe perguntava o que estava olhando. O único olhar que nela parecia importar para os outros ainda era o antigo, de quando só olhava o que era necessário.

E assim um dia aquela mulher para a qual ninguém olhava olhou o céu. Sem que tivesse chovido ou fosse chover. Sem que houvesse relâmpagos. Sem que sequer houvesse nuvens ou o tempo fosse mudar, ela olhou para o céu.

Delicado fazia-se seu pescoço agora que o movimentava ligeiro conduzindo a cabeça nas suas perscrutações. Era um pescoço pálido, protegido da luz por tantos anos de cabeça baixa. E sobre esse pescoço a cabeça como que se estendia olhando para cima, com a mesma reta intensidade com que havia começado varando paredes.

Olhava pois para o alto, quando um bando das aves passou sobre a casa rumo ao Leste.

Há muito as folhas haviam-se banhado de cobre, o solo começava a fazer-se duro no frio. E as aves de carne escura seguiam no céu em direção ao sol.

De pé, a mulher olhava. E continuou olhando até que as aves empalideceram na distância.

O vento batia os longos panos da sua saia, estalava as asas franjadas do seu xale. Não, ela não voou. E como poderia? Saiu andando, apenas. Escura como a tarde, acompanhando seu próprio olhar, saiu andando para a frente, sempre para a frente, rumo ao Leste.

Por preço de ocasião

Comprou a esposa numa liquidação, pendurada que estava, junto com outras, no grande cabide circular. Suas posses não lhe permitiam adquirir lançamentos novos, modelos sofisticados. Contentou-se pois com essa, fim de estoque, mas preço de ocasião.

Em casa, porém, longe da agitação da loja – homem escolhendo mulher, homem pagando mulher, homem metendo mulher em saco pardo e levando às vezes mais de uma para aproveitar o bom negócio – percebeu que o estado da sua compra deixava a desejar.

"É claro", pensou reparando na sujeira dos punhos, no amarrotado da pele, nos tufos de cabelos que mal escondiam rasgões do couro cabeludo, "Eles não iam liquidar coisa nova."

Conformado, deitou-a na cama pensando que ainda serviria para algum uso. E, abrindo-lhe as pernas, despejou lá dentro, uma por uma, brancas bolinhas de naftalina.

Bela como uma paisagem

Casou com ela porque pressentiu, debaixo da seda do vestido, uma certa ânsia indócil das carnes, desejo de expansão ainda não realizado. E, embora no princípio, ainda magra, lhe parecesse agulha perdida no palheiro dos lençóis, logo percebeu que não se enganara.

Fome e gula habitavam a esposa. Com que prazer os lábios faziam-se em ponta sugando sopas, mamando o licor dos bombons, chupando os ossos das aves enquanto a língua procurava o secreto tutano. Com quanta volúpia aqueles mesmos lábios se arreganhavam abrindo espaço para que os pequenos dentes pontiagudos afundassem nas carnes, arrancassem nacos do pão, dilacerassem as frutas, partindo, mascando, moendo incessantes, sempre sob o comando de um novo desejo.

E, como se tocados pelo próprio movimento dos maxilares, estufavam-se os peitos, enchiam-se as coxas, o corpo todo ampliava suas fronteiras. Curvas surgiam onde antes se adivinhava o perfil dos ossos, volumes inchavam as antigas planícies. Já não cabiam as roupas, faziam-se pequenos os sapatos.

Seduzido, ele acompanhava o levedar. Não precisava mais procurá-la entre os lençóis. Onde quer que se virasse, onde quer que apoiasse a mão, lá estava ela macia, enorme, acolhedora, cheia de saliências onde segurar, cheia de consistências em que afundar os dedos.

Desdobrando-se o corpo da mulher, fez-se necessário cama maior. E, quando mesmo essa não foi mais capaz de contê-la, outra foi encomendada, perfazendo superfície de muitos metros quadrados, e exigindo, por sua própria dimensão, ser colocada na sala.

Agora, impossibilitada de levantar-se, já que as pernas não lhe suportariam o peso, a mulher consumia em sua imensa cama as bandejas de guloseimas que o marido, solícito e constante, providenciava. Nem sobravam farelos, que ela catava com a ponta dos dedos e, entrefechando os olhos, depositava extática sobre a língua.

Mais e mais aumentava a mulher. Há muito havia estourado a pulseirinha que ele lhe pusera no tornozelo. Há muito desistira de vestidos ou camisolas. Nua, sua branca imensidão jazia sobre os lençóis, perdido o sexo entre as dobras da carne, invadido o espaço por ancas e nádegas.

Olhando o pálido ventre que em dunas se estendia como um deserto, o homem pensava que em breve também aquela cama não seria suficiente. Teria então que transportar a mulher para o ar livre, onde nada tolhesse o seu crescer.

E haveria de chegar o dia da sua maior beatitude, quando, deitado no cume do seio esquerdo, veria o sol se pôr atrás do direito.

Longe como o meu querer

Regressava ao castelo com suas damas, quando do alto do cavalo o viu, jovem de longos cabelos à beira de um campo. E, embora os tantos jovens do castelo, a partir daquele instante foi como se não houvesse mais nenhum. Nenhum além daquele.

À noite, no banquete, não riu dos saltimbancos, não aplaudiu os músicos, mal tocou na comida. As mãos pálidas repousavam. O olhar vagava distante.

– Que tens, filha, que te vejo tão pensativa? – perguntou-lhe o pai.

– Oh! pai, se soubesses! – exclamou ela, feliz de partilhar aquilo que já não lhe cabia no peito. E contou do rapaz, do seu lindo rosto, dos seus longos cabelos.

O que o pai pensou não disse. Mas no dia seguinte, senhor que era daquele castelo e das gentes, ordenou que se decapitasse o jovem e se atirasse seu corpo ao rio. A cabeça entregou à filha em bandeja de prata, ele que sempre havia satisfeito as suas vontades.

– Aqui tens o que tanto desejavas.

E sem esperar resposta, sem sequer procurá-la em seus olhos, retirou-se.

Saído o pai, a castelã lavou aquele rosto, perfumou e penteou os longos cabelos, acarinhou a cabeça no seu colo. À noite pousou-a no travesseiro ao lado do seu, e deitou-se para dormir.

Porém no escuro fundos suspiros barraram a chegada do seu sono.

– Por que suspiras, doce moço? – perguntou voltando-se para o outro travesseiro.

– Porque deixei a terra arada no meu campo. E as sementes preparadas no celeiro. Mas não tive tempo de semear. E no meu campo nada crescerá.

– Não te entristeças – respondeu a castelã. – Amanhã semearei teu campo.

No dia seguinte chamou sua dama mais fiel, pretextou um passeio, e saíram ambas a cavalo.

Apearam no campo onde ela o havia visto a primeira vez. A terra estava arada. No celeiro encontraram as sementes. A castelã calçou tamancos sobre seus sapatinhos de cetim, não fosse a lama denunciá-la ao pai. E durante todo o dia lançou sementes nos sulcos.

À noite deitou-se exausta. E já ia adormecer quando fundos suspiros a retiveram à beira do sono.

– Por que suspiras, doce moço, se já semeei teu campo?

– Porque deixei minhas ovelhas no monte, e sem ninguém para trazê-las ao redil serão devoradas pelos lobos.

– Não te entristeças. Amanhã buscarei tuas ovelhas.

No dia seguinte chamou aquela dama que mais que todas lhe era fiel, e pretextando um passeio saíram juntas além dos muros do castelo.

Subiram a cavalo até o alto do monte. As ovelhas pastavam. A castelã cobriu sua saia com o manto, não fossem folhas e espinhos denunciá-la ao pai. Depois com a ajuda da sua dama reuniu as ovelhas e, levando o cavalo pelas rédeas, desceu com o rebanho até o redil. Que tão cansada estava à noite, quando o suspiro fundo pareceu chamá-la!

– Por que suspiras, doce moço, se já semeei teu campo e recolhi tuas ovelhas?

– Porque não tive tempo de guardar a última palha do verão, e apodrecerá quando as chuvas chegarem.

– Não te entristeças. Amanhã guardarei a tua palha.

Quando no dia seguinte mandou chamar a mais fiel, não foi preciso explicar-lhe aonde iriam. Pretextando desejo de ar livre, afastaram-se ambas do castelo.

Os feixes de palha, amontoados, secavam ao sol. A castelã calçou os tamancos, protegeu a saia, enrolou tiras de pano nas mãos, não fossem feridas denunciá-la a seu pai. E começou a carregar os feixes para o celeiro. Antes do anoitecer tudo estava guardado, e as duas regressaram ao castelo.

Nem assim manteve-se o silêncio no escuro quarto da castelã.

– Por que suspiras, doce moço? – perguntou ela mais uma vez. Por que suspiras se já semeei teu campo, recolhi tuas ovelhas e guardei tua palha?

– Porque uma tarefa mais é necessária. E acima de todas me entristece. Amanhã deverás entregar-me ao rio. Só ele sabe onde meu corpo espera. Só ele pode nos juntar novamente antes de entregar-nos ao mar.

– Mas o mar é tão longe! – exclamou a castelã num lamento.

E naquela noite foram dois a suspirar.

Ao amanhecer a castelã perfumou e penteou os longos cabelos do moço, acarinhou a cabeça, depois a envolveu um linhos brancos e chamou a dama.

Os cavalos esperavam no pátio, o oficial da guarda esperava no portão. – Vamos entregar alguma comida para os pobres – disseram-lhe. E saíram levando seu fardo.

Seguindo junto à margem, afastaram-se da cidade até encontrarem um remanso. Ali apearam. Abertos os linhos, entregaram ao rio seu conteúdo. Os longos cabelos ainda flutuaram por um momento, agitando-se como medusas. Depois desapareceram na água escura. De pé, a castelã tomou as mãos da sua dama. Que lhe fosse fiel, pediu, e talvez um dia voltassem a se ver. Agora cada uma tomaria um rumo. Para a dama, o castelo. Para ela, o mar.

– Mas é tão longe o mar! – exclamou a dama.

Montaram as duas. A castelã olhou a grande planície, as montanhas ao fundo. Em algum lugar além daquelas montanhas estava o mar. E em alguma praia daquele mar o moço esperava por ela.

– A distância até o mar – disse tão baixo que talvez a dama nem ouvisse – se mede com meu querer.

E esporeou o cavalo.

Fundações

Nove andares exclusivos luxo.

Prontos.

Chegou o primeiro caminhão de mudança. Desceram os móveis, desceram os tapetes, desceram os quadros, desceram os espelhos, desceram os cristais, desceram os baús. Desceu o cofre. E tudo subiu para o primeiro andar, primeira laje.

Encostou o segundo caminhão de mudança, que na verdade eram dois. Desceu a coleção de armas antigas, desceu a coleção de santos barrocos, desceu a coleção de trajes teatrais, desceu a coleção de plantas carnívoras. Desceu o cofre. E tudo subiu para o segundo andar, segunda laje.

Freou a carreta da mudança em que vinha o puro-sangue da dona da casa. Desceu o puro-sangue, desceram os arreios do puro-sangue, desceram os prêmios do puro-sangue, desceram os amplos pastos do puro-sangue, desceram a fêmeas que o puro-sangue cobriria. Desceu o cofre. E tudo subiu para o terceiro andar, terceira laje.

Apitou o trem da mudança que tinha vários vagões. Desceu a lona, desceram os acrobatas, desceram os anões trazidos na coleira pelas feras, desceram os coelhos com o mágico na cartola, desceu a mulher do mágico carregando as duas partes em que o mágico a serraria, desceu o palhaço repetindo o segredo do cofre. E tudo subiu para o quarto andar, quarta laje.

Atracou o navio da mudança, Desceram as capas de peles da estrela, desceram suas roupas, seus sapatos, desceram as unhas postiças, os cílios postiços, os seios postiços, os olhos postiços, os dentes postiços, o brilho postiço. Desceu o cofre verdadeiro. E tudo subiu para o quinto andar, quinta laje.

Ajoelharam-se os camelos da mudança. Baixaram os odres, as veladas do harém, baixou o minarete, o oásis, os eunucos que guardariam o cofre. E tudo subiu para o sexto andar, sexta laje.

Pararam os cães dos trenós da mudança. Desceram as focas, os buracos no gelo pelos quais as focas respiravam, os arpões pelos quais as focas morriam, os iglus onde se faziam os arpões e os *icebergs* dos quais eram feitos os iglus e o navio preso na banquisa no qual estava o cofre. Tudo subiu para o sétimo andar, sétima laje.

Trouxeram o cofre da mudança. E nada do que continha foi visto pelos que só isso queriam ver, porque vinha envolto num plástico amarelo que o isolava dentro de uma caixa de amianto que o protegia dentro de uma caixa blindada, que o garantia dentro de um caixote de *manzanas* Rio Negro que assegurava o disfarce de folhas de jornal. E tudo subiu para o oitavo andar, oitava laje.

Pousou o helicóptero da mudança. E o próprio dono desceu trazendo com cuidado o pequeno vaso de vidro soprado no vale da Mesopotâmia. E com cuidado subiu levando-o até o último andar.

Debaixo desse peso o primeiro andar afundou lentamente, levando o segundo, trazendo o terceiro, laje a laje, aos poucos cobertas por completo, formando sólido embasamento para o novo prédio de nove andares que já em planta, antes da planta, estava completamente vendido.

Entre o leão e o unicórnio

No meio da noite de núpcias, o rei acordou tocado pela sede. Já ia se levantar quando, junto à cama, do lado da sua recém-esposa, viu deitado um leão.

– Na certa – pensou o rei mais surpreso do que assustado –, estou tendo um pesadelo.

E, mudando de posição para interromper o sonho mau, deitou a real cabeça sobre o real travesseiro. Em seguida, adormeceu.

De fato, na manhã seguinte, o leão havia desaparecido sem deixar cheiro ou rastro. E o rei logo esqueceu tê-lo visto.

Esquecido ficaria se, dali a algum tempo, acordando à noite entre um suspiro e um ronco, não deparasse com ele no mesmo lugar, fulvo e vigilante. Dessa vez, custou mais a adormecer.

Quando a rainha despertou, o rei contou-lhe do estranho visitante noturno que já por duas vezes se apresentara em seu quarto.

– Oh! Senhor meu marido – disse-lhe esta constrangida –, não ousei revelar antes do casamento, mas desde sempre esse leão me acompanha. Mora na porta do meu sono, e não deixa ninguém entrar ou sair. Por isso não tenho sonhos, e minhas noites são escuras e ocas como um poço.

Penalizado, o rei perguntou o que poderia fazer para livrá-la de tão cruel carcereiro.

– Quando o leão aparecer – respondeu ela –, pegue a espada e corte-lhe as patas.

Naquela mesma noite, antes de deitar, o rei botou ao lado da cama sua espada mais afiada. E, assim que abriu os olhos na semiescuridão, zac! Decepou as patas da fera de um só golpe. Depois, mais sossegado, retomou o sono.

Durante algum tempo dormiu todas as noites até de manhã, sem sobressaltos. Mas numa madrugada quente em que os edredons de pluma pareciam pesar sobre seu corpo, acordando todo suado viu que o quarto real estava invadido por dezenas de beija-flores e que um enxame de abelhas se agrupava na cabeceira. Depressa cobriu a cabeça com o lençol, e debaixo daquela espécie de mortalha atravessou as horas que ainda o separavam do nascer do dia. Só ao perceber o primeiro espreguiçar-se da rainha, emergiu de dentro da cama, contando-lhe da bicharada.

– É que dormindo ao seu lado, meu caro esposo, cada vez mais doces e mais floridos se fazem meus sonhos – explicou ela, sorrindo com ternura.

E ele, desvanecido com tanto amor, pousou-lhe um beijo na testa.

Muitos meses se foram, tranquilos.

Porém uma noite, tendo jantado mais do que devia à mesa do banquete, o rei acordou em meio ao silêncio. Levantou-se disposto a tomar um pouco de ar no balcão, quando, caracoleando sobre o mármore real do aposento, viu aproximar-se um unicórnio azul.

Não ousou tocar animal tão inexistente. Não ousou voltar para a cama. Perplexo, saiu para o terraço, fechou rapidamente as portas envidraçadas, e encolhido num canto esperou que a manhã lhe permitisse interpelar a rainha.

– É a montada da minha imaginação – escusou-se ela. – Leva meus sonhos lá onde eu não tenho acesso. Galopa a noite inteira sem que eu lhe tenha controle.

Tão bonito pareceu aquilo ao rei, que na noite seguinte, quer por desejo, quer por acaso, no momento em que a mulher adormeceu, ele acordou. Lá estava o unicórnio com seu chifre de cristal, batendo de leve os cascos, pronto para a partida. Dessa vez o rei não temeu. Levou-lhe a mão ao pescoço, alisou o suave azul do pelo, e de um salto montou.

Unicórnios de sonho não relincham. Aquele levantou a cabeça, sacudiu a crina e, como se pisasse nos caminhos do vento, partiu a galope.

Galoparam a noite toda. Mas antes que o sol nascesse, quando a escuridão apenas começava a derreter-se no horizonte, os cascos mais um vez pousaram no mármore. E a real cabeça deitou-se no travesseiro.

– Sonhei que vossa majestade fugia com a montada da minha imaginação – disse a rainha ao esposo, de manhã. – Mas estou bem contente de vê-lo agora aqui ao meu lado – acrescentou numa reverência.

O rei, porém, mal conseguia esperar pelo fim do dia. Tão rica e vasta havia sido a viagem, que só desejava montar novamente naquele dorso, e, azul no ar azul, descobrir novos rumos. Pela primeira vez as tarefas da coroa lhe pareceram pesadas, e tediosa a corte. Da rainha, só desejava que, rápido, adormecesse.

Dessa forma, noite após noite, partiu o rei nas costas do unicórnio, para só retornar ao amanhecer.

E, a cada noite, mais diferente ficou.

Já não queria guerrear, nem dançar nos salões. Já não se interessava por caçadas ou tesouros. Trancado sozinho na sala do trono durante horas, pensava e pensava, galopando na lembrança, livre como o unicórnio.

Ressentia-se porém a rainha com aquela ausência. Doente, quase, de tanta desatenção, mandou por fim chamar a mais fiel de suas damas de companhia. E em grande segredo deu-lhe as ordens: deveria esconder-se debaixo da cama real, cuidando para não ser vista. E ali esperar pelo sono da rainha. Tão logo esta adormecesse, veria surgir um leão sem patas. Que não temesse. Pegasse as patas que jaziam decepadas à sua frente, e, com um fio de seda, as costurasse no lugar.

Tendo obtido da moça a promessa de que tudo faria conforme o explicado, deitou-se a rainha logo ao escurecer, pretextando grande cansaço. No que foi imediatamente acompanhada pelo rei.

Custava porém o sono a chegar. Virava-se e revirava-se o casal real sobre o colchão, enquanto embaixo a dama de companhia esperava. E, de tanto esperar, o sono acabou chegando primeiro para ela, que, sem perceber, adormeceu.

Acordou noite alta; quando há muito o unicórnio tinha vindo buscar o seu ginete. Assustada, não querendo faltar com a promessa e ouvindo o ressonar da rainha, rastejou para fora da cama. Lá estava o leão, deitado e imóvel. Lá estavam as patas à sua frente. Rapidamente pegou a agulha enfiada com o longo fio de seda, e em pontos bem firmes costurou uma pata. Depois a outra.

Leões de sonho não rugem. Aquele levantou a cabeça, sacudiu a juba e firme sobre as patas retomou a sua tarefa de guardião. Nenhum sonho mais sairia das noites da rainha. Nenhum entraria. Nem mesmo aquele em que um unicórnio azul galopava e galopava, levando no dorso um rei para sempre errante.

Semelhança

I

Vivia dizendo que eu parecia uma pantera. Que o andar, que os olhos. Eu deitava a cabeça no ombro dele e miava baixinho.

II

Vivia dizendo que eu parecia uma pantera. Que o andar, que os olhos. E eu me apanterava toda para agradá-lo.

III

Vivia dizendo. Mas só acreditei no dia em que, saltando do armário, cravei-lhe os dentes na carne e o devorei.

Além do muro, os coiotes

Não é uma janela estreita. É alta. Tão alta que parece fazer-se mais fina em direção ao teto. Tem postigos de madeira grossa abertos sempre, venezianas de madeira verde sempre encostadas. E é só uma, naquele quarto. Mas não é da janela que devemos nos ocupar, e sim da luz que por ela entra. Ou quase não entra. Pois é essa luz pouca que, ocupando com seu volume aquático e denso todo o quarto, estabelece as dimensões. E com tal inquebrável autonomia que, abrindo a porta para entrar e percebendo que a escura transparência não escoa nem se transfere ao outro cômodo, somos levados a crer que não são as paredes que a contêm, embora espessas, mas que, derrubadas estas, ela se manteria igualmente sólida, de pé como uma caixa ou bloco.

É nessa caixa que ele vive. O homem jovem de cabeça branca.

Talvez fosse mais justo colocar tudo no passado. Mas por que, se a janela ainda está lá, com suas venezianas meio encostadas, naquele segundo andar do prédio antigo, e se a luz lá dentro é certamente a mesma, faltando apenas o rodamoinho mais claro que se formava no centro do quarto, leve brilho prateado que denunciava a cabeça contra o espaldar da poltrona?

Ele não fechava a porta do quarto. Era um homem gentil. Mantinha-a entreaberta, soubessem todos que cultivava ali silêncio igual ao da sua ausência. Nem era recluso. Ia à rua, comprava jornal, fazia suas refeições à mesa junto aos outros. Sua vida mais intensa, porém, aquele eventual fremir que altera o olhar ou faz vibrar a aba do nariz, mantinha-se oculta. Não atrás dos óculos, porque raramente os usava. Atrás do pálido azul dos olhos, então.

Só no quarto se exercia.

Agora todos se perguntam o que ele fazia ali. Parece difícil acreditar que fizesse tão pouco. Que fizesse tão menos do que o pouco que havia feito no passado. Que ficasse sentado, como ficava, abanando-se lentamente com o leque chinês de onde o desenho já desbotara.

Levantava-se da mesa levando sua xícara de chá, uma revista, despedia-se dos demais com um sorriso educado que não se endereçava a nenhuma das pessoas presentes, mas somente à consuetude do próprio sorriso, e ia sentar-se no aconchego uterino da poltrona.

Eu sempre soube que não lia a revista. Não ali. E como poderia sem claridade e sem acender a luz? Segurava o leque em uma mão, a revista na outra. E, embora até as movesse, não era delas que se ocupava, nem elas invalidavam com seus gestos a entrega muscular do corpo. Era seu olhar que agia. Seu olhar, que dificilmente se reconheceria azul naquele escuro, tinha então palpitações.

Na tarde em que, já de pé e sorridente, me convidou a acompanhá-lo, atendi com prazer. Talvez tivesse curiosidade de ver o que se escondia lá dentro ou talvez quisesse apenas ser gentil como ele era comigo, sem comprometimento mas com suavidade. Já não lembro. Lembro, isso sim, de ter entrado com um certo cuidado físico, como quem penetra em recinto sagrado. Sinto ainda meus passos lentos, a sensação do pescoço estendido para a frente. Cheirava a madeira antiga o quarto, um cheiro de guardado e essências como o de certas gavetas. Passados anos, não sei ao certo se as paredes eram de fato pintadas de verde escuro ou se assim me pareceram. Certo mesmo é que havia muitos livros empilhados sobre os móveis, ocupando uma cadeira, o tampo da escrivaninha. E algumas fotografias em molduras de prata. Um quarto como tantos, afinal, com drapear de panos meio esbatidos na sombra, cortina ou colcha. Mas não era para olhar o quarto que ele havia me chamado.

Queria me mostrar alguma coisa. Não chegou a dizê-lo, mas estava implícito no tom com que me chamou para acompanhá-lo, na leve ansiedade que, do olhar, lhe contaminou o sorriso. Já algumas vezes eu havia percebido aquele mesmo olhar, quando falava do seu passado, quando me mostrava um objeto ou um papel que havia pertencido à sua família, ou quando, não sem vaidade, exibia algum de seus trabalhos, ele tão habilidoso, tão capaz com as mãos.

Dessa vez eu também levei minha xícara de chá para o quarto. Não nos demoramos em conversas; qualquer conversa – senti isso claramente – teria que vir depois. O que ele queria que eu visse estava em cima de um banquinho, coberto por uma capa de plástico. Que ele tirou, não sem uma certa teatralidade.

Era uma casa. A maquete de uma casa. Não chegava a dois palmos de altura. Graciosa, angulosa, cheia de telhados e reentrâncias, com grandes vidraças e um muro ao redor. Aquém do muro, o jardim. Menos que um jardim, algumas árvores apenas, descarnadas, árvores de inverno que ele havia feito com galhos secos.

É uma casa para as montanhas, me disse, parado por um instante, deixando que eu a olhasse antes de começar a explicá-la. E logo abriu o telhado com dedos delicados para que eu visse lá dentro o quarto, o banheiro. E fez girar sobre si uma parede externa mostrando onde seriam a biblioteca, o jirau sobre a biblioteca, a lareira.

É a casa que eu faria se voltasse às Montanhas Rochosas, disse também. E me fez reparar no pátio interno, e eu pensei que era uma boa ideia o muro porque nas Rochosas os coiotes, como se houvesse coiotes nas Rochosas, pensei ainda, mas talvez haja.

É uma bela casa para se ter nas montanhas, Rochosas ou não, eu disse a ele. E acrescentei, não sabia que você tinha voltado a fazer maquetes. Não voltei não, respondeu, só esta. E tomamos chá em pé olhando a casa como se estivéssemos sentados diante da lareira debaixo do jirau.

Depois, descendo as escadas e chegando à rua, percebi, como se alguém – e não eu mesmo – estivesse me chamando a atenção para um fato que por desimportante eu ia apagando antes de registar, que havia poeira sobre aquele plástico. A casa, então, estava pronta há algum tempo. E só agora, por alguma razão, ele havia sentido necessidade de me mostrar.

Por que eu comentaria com alguém? Um pequeno gesto de nostalgia, um rápido voltar à antiga habilidade. Não era mais do que isso.

A xícara de chá na mão, o sorriso, os passos discretos, e o leque. Imagino que tenha continuado assim. Não nos vimos por algum tempo.

E um dia me disseram que ele havia desaparecido. Sem que se soubesse como, sem que se soubesse exatamente quando. Saiu de casa, não voltou. Além da sua ausência, não havia qualquer evidência. Parecia estar há vários dias no quarto. A porta continuava encostada e não havia por que estranhar, já que ele saía cada vez menos. Entretanto, quando se preocuparam e foram procurá-lo, nenhum reflexo prateado brilhava contra o espaldar escuro da poltrona. A revista, sobre a cama. O leque, no chão. O quarto, vazio. Ninguém havia ouvido nada, o silêncio continuava a fluir igual a todos os silêncios que haviam habitado aquele quarto. Ninguém o havia visto sair – mas era tão comum que saísse com seus passos leves, evitando até mesmo deixar estalar o trinco da porta para não ser percebido.

Fui até lá confortar os familiares. E, em parte para escapar ao peso da situação, em parte para concluir a relação que repentinamente se havia tornado abstrata, pedi para recolher no quarto um livro que lhe havia emprestado. O mesmo cheiro antigo. As venezianas encostadas. Os vidros abertos. Água escura parecia estagnar entre as paredes. A cama estava feita. Apanhei meu livro sobre a escrivaninha, onde alguém havia pousado o leque. Olhei brevemente os retratos emoldurados procurando o dele, que não achei. Virei-me para sair.

E foi nesse gesto sem qualquer intenção, nesse gesto casual em que minha cabeça girou lentamente e meu olhar distraído cortou a penumbra em diagonal, como um machado caindo sobre um tronco, que eu vi, num relance vi, debaixo do plástico empoeirado, talvez além do muro, acesa, uma luz.

Hidra

Sempre chegando em casa à noite, ela o desafiava com sua força, centro de atenção e de todo o afeto, televisão-fulcro da família adorante.

Ninguém o olhava, ninguém reverenciava sua chegada de chefe, lutador do sustento. Mal viravam a cabeça na sua direção, petrificados por prefixos e *jingles*. E não havia alternativa que não se agregar ou ser desprezado.

Uma noite, cansado do repúdio, ergueu a espada e, entre gritos e prantos, *zapt,* cortou a televisão ao meio.

Soluços cercaram as duas partes inertes no tapete, sem que alma piedosa arrancasse a tomada inutilmente cravada na parede. Foi dormir aliviado, dono do reconquistado silêncio.

Não haveria porém de receber em paz o novo dia. Antes do amanhecer vozes o arrancaram do sono e do pijama. Correu abotoando compostura. Na sala, loquazes e uníssonas, desabrochavam duas televisões.

Que no gume e na ponta estilhaçou, respingado de súbitas centelhas.

Um dia de paz. Não mais lhe concederam os destroços. Nem mais necessitavam para em silêncio recriar suas forças e múltiplas erguer novas cabeças.

Agora, quando chega perdedor, sete televisões falam e cantam no centro da família. Ele se aproxima de cabeça baixa, puxa a cadeira e senta-se de costas. O espelho da parede lhe devolve a novela. Que ele acompanha sem coragem de perder o capítulo, sem forças para olhá-la nos olhos.

Vídeo e áudio

Na TV da sala a polícia localizava finalmente os bandidos escondidos no apartamento. Na TV do quarto o detetive aproximava-se da sala onde o maníaco mantinha presa a refém. Na porta da sala o assaltante encostou a arma contra o peito da empregada que atendeu à campainha.

O assaltante e a empregada entraram na sala. Na TV a polícia começou a atirar contra a porta do apartamento. O assaltante rendeu a família, encostou todos contra a parede de mãos levatadas, menos a filha que estava no quarto, onde na TV o detetive chegava-se por trás sem ser percebido.

O assaltante mandou a empregada buscar a filha no quarto. O detetive prendeu o silenciador no cano da arma. O assaltante rasgou a blusa da filha com um puxão. A porta começou a ceder sob os tiros da polícia. O assaltante passou um braço ao redor da cintura da filha, mantendo o revólver encostado na sua têmpora e os olhos na porta. O detetive encostou o silenciador na têmpora do maníaco. A porta veio abaixo. A família, de cara para a parede, viu o reboco rendilhar-se em balas e sangue, ouviu gritos e passos.

Mas o prefixo musical dos comerciais veio libertá-los da posição incômoda. Foi o tempo de lavar rostos e mãos, arrumar a desordem. O cadáver do assaltante esconderam debaixo da cama. Tratariam dele depois da novela.

Debaixo da pele, a lua

Chegado o tempo, uma moça se fez mulher. Mulher não como as outras, porém. Tão clara a sua pele! E por baixo dessa pele, vinda da própria carne, uma luminosidade que aflorava em certos dias, e nos seguintes se intensificava, dia a dia, luz a luz, até alcançar o esplendor de tantas chamas frias, de tantas imóveis estrelas. Então os cabelos da mulher se faziam mais cheios, leite gotejava dos seus seios, e as bacias e as tinas da sua casa transbordavam.

Aquela mulher tinha a lua debaixo da pele.

E, estando uma tarde à porta da sua casa, quando o sol já se punha, foi vista pelo homem mais rico da região, que ia passando a cavalo.

Nunca ele havia encontrado uma mulher como aquela, mais semelhante às pérolas do que às outras mulheres. Imediatamente, a quis em casamento.

Na escuridão do quarto nupcial, porém, surpreendeu-se o homem percebendo que a pele da esposa não era tomada pelas sombras mas, ao contrário, destacava-se ainda mais pálida do que ele a havia visto àquela tarde. E com o passar das noites sua surpresa tornou-se espanto, enquanto a mulher se fazia mais e mais clara, iluminando a princípio as superfícies próximas, e logo derramando sua luminosidade de prata em todo o quarto.

"Essa mulher", pensou o homem cheio de desconfiança, "vai acabar brilhando mais com sua luz do que eu com meu dinheiro."

Sem demora, alegando que ela só luzia para impedi-lo de dormir e que o levaria à morte, desfez o casamento.

De novo em casa, a mulher que tinha a lua debaixo da pele iluminou sua solidão durante algum tempo. Mas não tardou muito para que a luz percorresse em direção oposta os mesmos caminhos que a haviam trazido, recolhendo-se à escuridão do corpo, e deixando a mulher apagada e pronta para longos sonos.

Cedo passou seu tempo de repouso. E uma noite, prudentemente fechadas as janelas para que sua plena luz não perturbasse as trevas alheias, foi vista por um ladrão que passava rente ao muro.

Era uma fresta apenas, que deixava vazar a luz por entre os postigos. Mas bastou a lâmina daquele raio para chamar a atenção do ladrão. Aproximou-se sorrateiro, espiou para dentro. E lá estava a mulher, luzindo.

"Que belo dinheiro posso tirar dela exibindo-a nas feiras!", pensou faiscando seu olhar de gato.

Esperou até que se deitasse, que estivesse bem dormida. Então forçou um trinco, abriu um batente, entrou com passos leves e, atirando em cima dela uma capa preta, carregou-a na escuridão.

Morava em uma cabana longe dali. Chegando, prendeu a mulher ao pé da mesa com uma corrente, atirou-se na cama e começou a roncar. Roncou o que restava da noite, roncou todo o dia seguinte. Só acordou ao anoitecer, hora de ladrão trabalhar. E saiu, não sem antes avisar à mulher que quando tivesse roubado dinheiro suficiente para comprar um cavalo, uma carroça e algumas roupas vistosas iria exibi-la nas feiras.

Voltou de manhã com os bolsos cheios e alguma comida. Sem dizer palavra, pôs-se a roncar. E o mesmo aconteceu nos dias seguintes. Desse modo, dormindo com o sol e saindo ao escurecer, o ladrão não percebeu que a luz da mulher perdia pouco a pouco a intensidade que haveria de fazê-lo rico. E na noite em que, afinal, tendo juntado o dinheiro necessário, resolveu ficar em casa, deparou-se com uma mulher igual a qualquer outra, sem o mínimo brilho, apenas mais pálida que as demais. Na feira, quem ia pagar para ver uma mulher apenas pálida?

Furioso, soltou a corrente e empurrou sua prisioneira porta afora.

De novo em casa, a mulher que tinha a lua debaixo da pele. Apagada e sonolenta. Mas não por muito tempo.

Dessa vez, quando as tinas começaram a transbordar e a cabeleira derramou-se cheia, ela nem esperou o pôr do sol. Trancou bem a porta, fechou bem fechados os postigos das janelas, vedou cada frincha. Que ninguém a visse!

Não sabia que no alto, entre as telhas, a luz escapava denunciando-a.

Só havia sono ao redor, quando alguém bateu à porta.

Levantou-se a mulher, cautelosa. Abriu uma fresta.

À sua frente, um cavalo negro. E no alto da sela, envolta em um manto tão escuro que mal se lhe distinguiam os contornos, uma dama.

Antes mesmo que a mulher avançasse no umbral, sua pele estremeceu por sobre a lua, sua luminosidade ondejou como reflexo de lago. E ela soube quem tinha vindo buscá-la.

O cavalo sacudiu a crina, impaciente. A dama debruçou-se, chamando-a. Sem voltar-se para olhar sua casa, a mulher estendeu a mão, e montou no cavalo da Noite.

Os sentidos

Todos os sábados de manhã ia buscar o mar no fundo da concha. Encostava a vulva nacarada ao ouvido, fechava os olhos, e durante horas ficava ouvindo as ondas, perdido até sentir gosto de sal.

Faltava porém alguma coisa.

Procurou nos anúncios de jornal, nas revistas especializadas, escreveu cartas. Por fim conseguiu o que queria.

Agora aos sábados de manhã veste o calção, senta no sofá e, enquanto a mão direita segura a concha junto ao rosto, a esquerda puxa a corrente presa ao pé da gaivota para que ela grite estrídula, canto de liberdade sobre espumas.

Uma engrenagem

Desmontou a cabeça, peça por peça. Azeitou, poliu, limpou com flanelas. Depois começou a montar. Pronta, viu que uma engrenagem tinha ficado na mesa. Pensou em recomeçar. Tentou. Não conseguiu. Faltava, para saber desmontar, aquela engrenagem principal.

Luz de lanterna, sopro de vento

Tendo o marido partido para a guerra, na primeira noite da sua ausência a mulher acendeu uma lanterna e pendurou-a do lado de fora da casa. “Para trazê-lo de volta,” murmurou. E foi dormir.

Mas, ao abrir a porta na manhã seguinte, deparou-se com a lanterna apagada. “Foi o vento da madrugada,” pensou olhando para o alto como se pudesse vê-lo soprar.

À noite, antes de deitar, novamente acendeu a lanterna que, a distância, haveria de indicar ao seu homem o caminho de casa.

Ventou de madrugada. Mas era tão tarde e ela estava tão cansada que nada ouviu, nem o farfalhar das árvores, nem o gemido das frestas, nem o ranger da argola da lanterna. E de manhã surpreendeu-se ao encontrar a luz apagada.

Naquela noite, antes de acender a lanterna, demorou-se estudando o céu límpido, as claras estrelas. “Na certa não ventará,” disse em voz alta, quase dando uma ordem. E encostou a chama do fósforo no pavio.

Se ventou ou não, ela não saberia dizer. Mas antes que o dia raiasse não havia mais nenhuma luz, a casa desaparecia nas trevas.

Assim foi durante muitos e muitos dias, a mulher sem nunca desistir acendendo a lanterna que o vento, com igual constância, apagava.

Talvez meses tivessem passado quando num entardecer, ao acender a lanterna, a mulher viu ao longe, recortada contra a luz que lanhava em sangue o horizonte, a escura silhueta de um homem a cavalo. Um homem a cavalo que galopava na sua direção.

Aos poucos, apertando os olhos para ver melhor, distinguiu a lança erguida ao lado da sela, os duros contornos da couraça. Era um soldado que vinha. Seu coração hesitou entre o medo e a esperança. O fôlego se reteve por instantes entre os lábios abertos. E já podia ouvir os cascos batendo sobre a terra, quando começou a sorrir. Era seu marido que vinha.

Apeou o marido. Mas só com um braço rodeou-lhe os ombros. A outra mão pousou na empunhadura da espada. Nem fez menção de encaminhar-se para a casa.

Que não se iludisse. A guerra não havia acabado. Sequer havia acabado a batalha que deixara pela manhã. Coberto de poeira e sangue, ainda assim não havia vindo para ficar. "Vim porque a luz que você acende à noite não me deixa dormir," disse-lhe quase ríspido. "Brilha por trás das minhas pálpebras fechadas, como se me chamasse. Só de madrugada, depois que o vento sopra, posso adormecer."

A mulher nada disse. Nada pediu. Encostou a mão no peito do marido, mas o coração dele parecia distante, protegido pelo couro da couraça. "Deixe-me fazer o que tem que ser feito, mulher," disse sem beijá-la. De um sopro apagou a lanterna. Montou a cavalo, partiu.

Adensavam-se as sombras, e ela não pôde sequer vê-lo afastar-se recortado contra o céu.

A partir daquela noite, a mulher não acendeu mais nenhuma luz. Nem mesmo a vela dentro de casa, não fosse a chama acender-se por trás das pálpebras do marido.

No escuro, as noites se consumiam rápidas. E com elas carregavam os dias, que a mulher nem contava. Sem saber ao certo quanto tempo havia passado, ela sabia porém que era tanto.

E, passado outro tanto, num final de tarde em que à soleira da porta despedia-se da última luz no horizonte, viu desenhar-se lá longe a silhueta de um homem. Um homem a pé que caminhava na sua direção. Protegeu os olhos com a mão para ver melhor e aos poucos, porque o homem avançava devagar, começou a distinguir a cabeça baixa, o contorno dos ombros cansados. Contorno doce, sem couraça. Hesitou seu coração, retendo o sorriso nos lábios – tantos homens haviam passado sem que nenhum fosse o que ela esperava. Ainda não podia ver-lhe o rosto, oculto entre barba e chapéu, quando deu o primeiro passo e correu ao seu encontro, liberando o coração. Era seu marido que voltava da guerra.

Não precisou perguntar-lhe se havia vindo para ficar. Caminharam até a casa. Já iam entrar, quando ele se reteve. Sem pressa voltou-se, e, embora a noite ainda não tivesse chegado, acendeu a lanterna. Só então entrou com a mulher. E fechou a porta.

Sem novidades no front

Esperava que o marido voltasse da guerra. Durante os primeiros anos, quando ele certamente não chegaria, preparou compotas. Depois, a partir do momento em que o regresso se tornava uma possibilidade iminente, assou pães, e a cada semana uma torta de peras, enchendo a casa com o perfume açucarado que, antes mesmo do seu sorriso, lhe daria as boas-vindas.

Um dia chegou o vizinho da frente. No outro chegou o vizinho do lado. E seu marido não chegou. Voltaram os gêmeos morenos. Voltaram os três irmãos louros. E seu marido não voltou. Aos poucos, todos os homens da pequena cidade estavam de volta a suas casas. Menos um. O seu.

Paciente, ainda assim ela espanava os vidros de compotas, abria em cruz a massa levedada, e descascava peras.

Há muito a guerra havia terminado quando a silhueta escura parou hesitante frente ao seu portão. Antes que sequer batesse palmas, foi ela recebê-lo, de avental limpo. E puxando-o pela mão o trouxe para dentro, fez que lavasse o rosto na pia mesmo da cozinha, sentasse à mesa, enfim um homem no espaço que a ele sempre fora dedicado.

Encheu-lhe o copo de vinho, serviu-lhe a fatia de torta. Profunda paz a invadia enquanto o olhava comer esfaimado. E, esforçando-se para não perceber que aquele não era o seu marido, começou a fazer-lhe perguntas sobre o *front*.

Tentando se segurar numa alça lilás

Entrou no elevador.

A um canto, outra mulher segurava firme debaixo do braço uma enorme bolsa de couro lilás.

– Que ousadia, uma bolsa lilás – sorriu ela.

– Acabei de dizer a um homem que o amo – respondeu a outra. – Então entrei numa loja e, entre todas, escolhi essa bolsa. Eu precisava sentir nas mãos a minha audácia.

Não sorriu. Agarrou-se náufraga na alça.

A mulher ramada

Verde-claro, verde-escuro, canteiro de flores, arbusto entalhado, e de novo verde-claro, verde-escuro, imenso lençol do gramado; lá longe o palácio. Assim o jardineiro via o mundo, toda vez que levantava a cabeça do trabalho.

E via carruagens chegando, silhuetas de damas arrastando os mantos nas aleias, cavaleiros partindo para a caça.

Mas a ele, no canto mais afastado do jardim, que a seus cuidados cabia, ninguém via. Plantando, podando, cuidando do chão, confundia-se quase com suas plantas, mimetizava-se com as estações. E se às vezes, distraído, murmurava sozinho alguma coisa, sua voz não se entrelaçava à música distante que vinha dos salões, mas se deixava ficar por entre as folhas, sem que ninguém a viesse colher.

Já se fazia grande e frondosa a primeira árvore que havia plantado naquele jardim, quando uma dor de solidão começou a enraizar-se no seu peito. E passados dias, e passados meses, só não passando a dor, disse o jardineiro a si mesmo que já era tempo de ter uma companheira.

No dia seguinte, trazidas num saco duas belas mudas, o homem escolheu o lugar, ajoelhou-se, cavou cuidadoso a primeira cova, mediu um palmo, cavou a segunda, e com gestos sábios de amor enterrou as raízes. Ao redor afundou um pouco a terra, para que a água de chuva e rega mantivesse sempre molhados os pés de rosa.

Foi preciso esperar. Mas ele, que há tanto esperava, não tinha pressa. E quando os primeiros, tênues, galhos despontaram, carinhosamente os podou, dispondo-se a esperar novamente, até que outra brotação se fizesse mais forte.

Durante meses trabalhou conduzindo os ramos de forma a preencher o desenho que só ele sabia, podando os espigões teimosos que escapavam à harmonia exigida. E aos poucos, entre suas mãos, o arbusto foi tomando feitio, fazendo surgir dos pés plantados no gramado duas lindas pernas, depois o ventre, os seios, os gentis braços da mulher que seria sua. Por último, cuidado maior, a cabeça, levemente inclinada para o lado.

O jardineiro ainda deu os últimos retoques com a ponta da tesoura. Ajeitou o cabelo, arredondou a curva de um joelho. Depois, afastando-se para olhar, murmurou encantado:

– Bom dia, Rosamulher.

Agora, levantando a cabeça do trabalho, não procurava mais a distância. Voltava-se para ela, sorria, contava o longo silêncio da sua vida. E quando o vento batia no jardim, agitando os braços verdes, movendo a cintura, ele todo se sentia vergar de amor, como se o vento o agitasse por dentro.

Acabou o verão, fez-se inverno. A neve envolveu com seu mármore a mulher ramada. Sem plantas para cuidar, agora que todas descansavam, ainda assim o jardineiro ia todos os dias visitá-la. Viu a neve fazer-se gelo. Viu o gelo desfazer-se em gotas. E, um dia em que o sol parecia mais morno do que de costume, viu de repente, na ponta dos dedos engalhados, surgir a primeira brotação da primavera.

Em pouco, o jardim vestiu o cetim das folhas novas. Em cada tronco, em cada haste, em cada pedúnculo, a seiva empurrou para fora pétalas e pistilos. E mesmo no escuro da terra os bulbos acordaram, espreguiçando-se em pequenas pontas verdes.

Mas, enquanto todos os arbustos se enfeitavam de flores, nem uma só gota de vermelho brilhava no corpo da roseira. Nua, obedecia ao esforço do seu jardineiro que, temendo viesse a floração romper tanta beleza, cortava rentes todos os botões.

De tanto contrariar a primavera, adoeceu porém o jardineiro. E, ardendo de amor e febre na cama, inutilmente chamou por sua amada.

Muitos dias se passaram antes que pudesse voltar ao jardim. Quando afinal conseguiu se levantar para procurá-la, percebeu de longe a marca da sua ausência. Embaralhando-se aos cabelos, desfazendo a curva da testa, uma rosa embabadava suas pétalas entre os olhos da mulher. E já outra no seio despontava.

Parado diante dela, ele olhava e olhava. Perdida estava a perfeição do rosto, perdida a expressão do olhar. Mas do seu amor nada se perdia. Florida, pareceu-lhe ainda mais linda. Nunca Rosamulher fora tão rosa. E seu coração de jardineiro soube que nunca mais teria coragem de podá-la. Nem mesmo para mantê-la presa em seu desenho.

Então docemente a abraçou descansando a cabeça no seu ombro. E esperou.

E sentindo sua espera a mulher-rosa começou a brotar, lançando galhos, abrindo folhas, envolvendo-o em botões, casulo de flores e perfumes.

Ao longe, raras damas surpreenderam-se com o súbito esplendor da roseira. Um cavaleiro reteve seu cavalo. Por um instante pararam, atraídos. Depois voltaram a cabeça e a atenção, retomando seus caminhos. Sem perceber debaixo das flores o estreito abraço dos amantes.

Uma vez por semana, no crepúsculo

Todas as terças-feiras, quando no princípio da tarde saía para encontrar-se com o amante, colocava na bolsa o coração. Assim era mais fácil de ofertar.

Chegava, trocava os primeiros abraços e, antes que os dedos desfizessem botões, colhia o coração entre o lencinho rendado e as chaves de casa, para colocá-lo, palpitante, sobre a mesinha de cabeceira.

Ali ficava, lâmpada votiva assistindo ao rito dos amantes, até que o esvair-se do dia submergisse o quarto no sangue crepuscular, tornando impossível saber se dele, ou do sol morrente, vinha a trêmula luz.

Fazia-se hora de partir. Recomposta a ordem das roupas, ela suspirava ajeitando a *voilette* sobre os olhos e, antes de calçar as luvas, recolhia o coração. O estalo do fecho trancava na bolsa, até a próxima semana, o amor eterno. Brilhava sobre o mármore da mesinha a mancha úmida.

Apoiando-se no espaço vazio

Durante mais de 20 anos partilhou a cama com sua esposa chinesa. E, embora Ching-Ping-Mei não lhe tivesse dado filhos, sabia o quanto ela os desejara. Várias vezes, ao longo daquele tempo, dissera-lhe ter estado grávida, perdendo a criança em lamentáveis acidentes. E ele piedosamente fingira acreditar, para não ferir sua delicada sensibilidade oriental.

Gentilmente, amavam-se. Recato, escuridão, jogos de leques. Assim se procuravam desde sempre na pesada penumbra do quarto. Corpos nunca revelados, névoa de incenso, o amor envolto em véus e cortinados, conservando o mistério dos primeiros dias.

Porém, adoecendo Ching-Ping-Mei, exigiu o médico que se abrissem janelas e se fizesse luz, tornando possível o exame. E, embora ele se mantivesse do lado de fora da porta, em discreta espera, não lhe foi permitido escapar à revelação trazida junto com o diagnóstico.

A paciente logo sararia, comunicou-lhe o médico, porém ele considerava seu dever comunicar-lhe que, à luz da medicina e não obstante a graça e a doçura inegáveis, sua esposa Ching-Ping-Mei era, na verdade, um homem.

Atordoado, cambaleou sentindo esboroar-se o cerne do amor, estendeu as mãos à frente. Mas em que apoiar-se, se ele próprio, apesar da barba e dos bigodes, e sem que sua amada jamais desconfiasse, era, e tinha sido ao longo daqueles anos todos, mulher?

Terceiro diedro

Girou a chave, abriu a porta. E em vertigem procurou a segurança da maçaneta. A sala estava de cabeça para baixo. Entre estuques, o lustre florescia erguendo pingentes. As cortinas subiam em direção ao tapete. Mesa cadeiras poltrona penduravam-se, tombantes as franjas do sofá. E o *flamboyant* do quadro lançava no verde céu sua copa de raízes.

Temeu entrar. Mas, não tendo outra casa que fosse sua, deu um passo e fechou a porta. Devagar, a descoberta em cada pé, começou a subir pela parede.

Como um colar

É cega, diziam todos. Mas cega a Princesa não era. Desde o dia do seu nascimento não havia aberto os olhos. Não porque não pudesse. Apenas porque não sentia necessidade. Pois já no primeiro momento vira tantas coisas bonitas por trás das pálpebras fechadas, que nunca lhe ocorrera levantá-las. Era como se a janela dos seus olhos fosse voltada para dentro, e debruçada nessa janela ela passasse seus dias entretida. Mas isso os outros não sabiam.

E, não sabendo, lamentava-se em segredo o Rei seu pai, chorava escondida a Rainha sua mãe. Sem jamais revelar seu sofrimento diante da filha, para que não viesse mais essa dor somar-se a sua suposta desgraça.

Ao longo dos primeiros anos, os melhores médicos do reino foram chamados para examiná-la. Tentaram pomadas, receitaram poções, recomendaram mudanças de ar, prescreveram banhos frios, exigiram banhos quentes. Porém, como nada conseguisse curar aquilo que não estava doente, cansaram de lutar contra sua própria ignorância e, declarando o caso único na ciência médica, desinteressaram-se dele.

A partir de então, viveu serena a Princesa, mais e mais descobrindo daquele mundo só seu, mais e mais querendo descobrir.

E, enquanto acumulava por dentro seu tesouro, outro tesouro, por fora, se fazia. Pois todos os anos, desde que havia nascido, seu pai lhe dava o mesmo, precioso, presente de aniversário. Era sempre igual a cerimônia. Os sinos do reino repicavam festejando a data, o Rei e a Rainha, acompanhados de cortesãos, entravam nos seus aposentos. Ao lado do Rei, um pajem com uma almofada de veludo cor de sangue. E, sobre a almofada, pequena lua translúcida e luminescente, uma pérola. Que o Rei colhia entre dois dedos e, para admiração da corte, depositava na palma da mão da sua filha.

– Quando completares quinze anos – dizia cada vez, abraçando-a –, mandarei fazer com elas o mais lindo colar de que jamais se teve notícia.

Anuíam sorridentes a Rainha e os cortesãos, imaginando o esplendor da joia a ser feita com as raras pérolas do Oriente.

Finda a cerimônia, quando todos já se haviam retirado, a Princesa guardava sua pérola junto com as outras, em uma caixa de mogno forrada de cetim. Sem pensar mais nela até o próximo aniversário.

Assim, mais de quatorze anos haviam passado.

E era uma manhã de inverno do décimo quinto ano, quando a Princesa, que esquentava as mãos no braseiro, ouviu uma leve batida na janela.

Silêncio. Outra batida seca, como se um galho tocado pelo vento. Mas não havia árvores perto da janela, nem ventava. E a batida insistia.

A Princesa foi até a janela, abriu-a. Antes que suas mãos começassem a tatear, uma bicada gentil veio encontrá-las, penas macias roçaram nelas. Uma ave que ela não saberia nomear arrulhou, passou a cabecinha contra seus dedos, e começou a bicar o mármore do peitoril coberto de neve.

– Pobrezinha! – pensou a Princesa. – Com fome nesse frio. E sem ter nada para comer.

Afligia-se, sem saber o que lhe dar. Mas de repente, com um sobressalto de alegria, lembrou-se das pérolas, aqueles grãos todos que o pai havia-lhe dado.

Sem hesitar, foi até a caixa de mogno, tirou uma pérola e, na palma da mão, assim como a recebia do pai, ofereceu-a ao pombo.

Um toque do bico, e lá se foi, da palma, o leve peso. Logo, o farfalhar das asas e um súbito vento no rosto disseram à Princesa que seu visitante também tinha ido.

Sorrindo, fechou a janela.

Mas passados alguns dias, numa tarde em que o vento uivava pelas frestas, novamente as pancadinhas na janela pareceram chamá-la. E ela recebeu entre as mãos seu doce amigo, e lhe deu uma pérola para comer, e entre ruflar de penas ele se foi.

Nevou, ventou. Voltou o silêncio a deitar-se no jardim. E no silêncio o biquinho bateu nos vidros, a Princesa sorriu feliz. E a cena toda se repetiu mais uma vez.

Nem foi a última. Durante aquele mês, e ainda no outro, o pombo veio visitar a Princesa. Cada vez levava uma pérola. Cada vez demorava-se mais.

Dessa forma, a caixa de mogno já estava vazia na manhã em que os sinos repicaram e a Princesa lembrou-se subitamente que era o seu aniversário. Não demorou muito, o Rei e a Rainha e os cortesãos entraram nos seus aposentos. Sobre a almofada, uma pérola.

Mas, dessa vez, depois de colocá-la na mão da filha, o Rei, em voz alta, pediu-lhe as outras quatorze, pois era chegada a hora de mandar o ourives real fazer o colar.

Sobressaltou-se a Princesa. Como dizer ao pai, diante de todos, que não as tinha mais?

Fechadas as pálpebras sobre o seu segredo, mentiu pela primeira vez. Que o pai voltasse dali a três dias, pois não lembrava onde tinha guardado a caixa de mogno, e certamente demoraria para achá-la.

O pai, pensando nas limitações da filha para encontrar os objetos, concordou penalizado, e saiu com toda a corte.

Assim que ficou sozinha, a Princesa abriu a janela. Mas de nada adiantou chamar. De nada adiantou bater palmas. Nenhum farfalhar de voo amarfanhou o silêncio.

Então uma lágrima rolou lenta sob as pálpebras fechadas, depois outra, e outra. Quentes ainda sobre os cílios, logo esfriavam no vento frio do inverno, descendo geladas pelo rosto, até congelarem antes mesmo de alcançarem o peitoril.

Foram as lágrimas congeladas que ela encontrou, percorrendo o mármore com os dedos. Mas sentiu-as tão redondas e lisas, que as confundiu com as pérolas e exultou de alegria, certa de que seu amigo tinha devolvido os preciosos grãos.

Fechou depressa a janela, guardou seu achado na caixa de mogno. Quando seu pai viesse, já tinha o que lhe dar.

Mas quando, dali a três dias, o Rei recebeu a caixa, nela não encontrou nada além de uma pocinha d'água encharcando o cetim.

Onde estavam as pérolas? À beira da fúria, o pai exigia explicações. E a Princesa não teve outro recurso senão contar-lhe como havia recebido a visita de uma ave, como esta arrulhava no frio e como, para matar sua fome, lhe havia dado, um por um, todos os grãos.

Então ela não sabia o valor daqueles grãos?!, vociferou o Rei, sem mais conter a indignação. E, nem bem havia saído dos seus aposentos, já aos brados chamava o Ministro, exigindo que os arqueiros reais caçassem o pombo. Daria um prêmio valioso a quem lhe trouxesse as quatorze pérolas.

Pombo, pensou a Princesa ouvindo as ordens do pai, era esse o nome do seu amigo. Pombo, que os arqueiros procuraram para matar.

Envolveu-se num xale branco de lã, abriu a porta envidraçada que dava para o jardim. Pela primeira vez, era preciso olhar. Lentamente, sem susto ou surpresa, abriu os olhos. À sua frente, tudo era apenas uma longa ondulação de neve. Que ofuscava, mas que em algum lugar guardava um pombo.

Desceu os poucos degraus, começou a caminhar. Parava às vezes, batia palmas. A neve alta abafava seus chamados. Afundando, tropeçando, arrastando saias e xale, afastou-se do palácio. Talvez agora já estivesse no campo. Passou por uma sebe de espinheiros. Adiante, alguns arbustos. Chegou a um pequeno bosque. As árvores negras agitavam no vento os galhos descarnados. Novamente a Princesa bateu palmas. Mas, dessa vez, um farfalhar seu conhecido fez-se ouvir. E eis que, entre o negro e o branco, um belo pombo cinzento veio volteando para pousar-se em sua mão estendida.

Ao longe, o arqueiro escondido atrás de um tronco viu a mancha cinzenta movendo-se contra o fundo imaculado. Não viu a silhueta da Princesa que, envolta no xale branco, confundia-se com a neve.

Tirou a seta da aljava, retesou a corda. O pombo pousou suas patinhas de lacre nos dedos que o esperavam, ainda bateu as asas para equilibrar-se. Com silvo de serpente, a seta o atingiu.

Um estremecimento, um voar de penas e sangue, um rasgar de carnes. Varado o corpo cinzento, nem assim se aplacou a fome da ponta de ferro. Que avançou ainda. Indo cravar-se no coração da Princesa.

Batem no vento os negros galhos. Caída sobre a neve, desfeito o casulo do xale, a Princesa fecha lentamente os olhos que havia demorado tanto para abrir. Mas pela ferida no peito do pombo rola uma pérola, depois outra, outra mais. Quatorze pérolas escorrem como gotas sobre o alvo colo da Princesa. E preciosas se aninham ao redor do pescoço. Como um colar.

Um tigre de papel

Sabendo que a ele caberia determinar seus movimentos e controlar sua fome, o escritor começou lentamente a materializar o tigre. Não se preocupou com descrições de pelo ou patas. Preferiu introduzir a fera pelo cheiro. E o texto impregnou-se do bafo carnívoro, que parecia exalar por entre as linhas. Depois, com cuidado, foi aumentando a estranheza da presença do tigre na sala rococó em que havia decidido localizá-lo. De uma palavra a outra, o felino movia-se irresistível, farejando o dourado de uma poltrona, roçando o dorso rajado contra a perna de uma papeleira.

Em vez de escrever um salto, o escritor transmitiu a sensação de movimento com uma frase curta. Em vez de imitar o terrível miado, fez tilintar os cristais acompanhando suas passadas. Assim, escolhendo o outro as palavras com o mesmo sedoso cuidado com que sua personagem pisava nos tapetes persas, criava-se a realidade antes inexistente.

O quarto parágrafo pareceu ao escritor momento ideal para ordenar ao tigre que subisse com as quatro patas sobre o tamborete de *petitpoint*. E já a fera aparentemente domesticada tensionava os músculos para obedecer, quando, numa rápida torção do corpo, lançou-se em direção oposta. Antes que chegasse a vírgula, havia estraçalhado o sofá, derrubado a mesa com a estatueta de Sèvres, feito em tiras o tapete. Rosnados escapavam por entre letras e volutas. O tigre apossava-se da sua natureza. Já não havia controle possível. O autor só podia acompanhar-lhe a fúria, destruindo a golpes de palavras a bela decoração rococó que havia tão prazerosamente construído, enquanto sua criatura crescia, dominando o texto.

Impotente, via aos poucos espalharem-se no papel cacos de móveis e porcelanas, estilhaçar-se o grande espelho, cair por terra a moldura entalhada. Não havia mais ali um animal exótico na sala de um palácio, mas um animal feroz em seu campo de batalha.

O escritor esperava tenso que o cansaço dominasse a fera, para que ele pudesse retomar o domínio da narrativa, quando a viu virar-se na sua direção, baixar a cabeça em que os olhos amarelos o encaravam, e lentamente avançar.

Antes que pudesse fazer qualquer coisa, a enorme pata do tigre abatendo-se sobre ele obrigou o texto ao ponto final.